KUWEI
酷威文化
图书 影视

人生是旷野，不是轨道

Life is a Wilderness

Not a Track

禹茜茜／著

天津出版传媒集团
百花文艺出版社

图书在版编目（CIP）数据

人生是旷野，不是轨道 / 禹茜茜著 . -- 天津 : 百花文艺出版社 , 2024.6
ISBN 978-7-5306-8839-7

Ⅰ . ①人… Ⅱ . ①禹… Ⅲ . ①散文集—中国—当代 Ⅳ . ① I267

中国国家版本馆 CIP 数据核字 (2024) 第 088879 号

人生是旷野，不是轨道
RENSHENG SHI KUANGYE BUSHI GUIDAO
禹茜茜 著

出 版 人：薛印胜
选题策划：胡晓童
责任编辑：胡晓童
封面设计：卷帙设计 QQ: 2649686699
出版发行：百花文艺出版社
地址：天津市和平区西康路35号　　**邮编**：300051
电话传真：+86-22-23332651（发行部）
+86-22-23332656（总编室）
+86-22-23332478（邮购部）
网址：http://www.baihuawenyi.com
印刷：北京永顺兴望印刷厂
开本：880毫米×1230毫米　1/32
字数：168千字
印张：7
版次：2024年6月第1版
印次：2024年6月第1次印刷
定价：39.80元

如有印装质量问题，请与北京永顺兴望印刷厂联系调换
地址：北京市通州区潞城镇召里村
电话：010-69599058 邮编：101117

自序

亲爱的读者朋友：

你好！

当你翻开这本书，感谢你为它而停留。也许你正在经历人生中的高光、平淡或晦暗时刻，无论是何境地，我都祝福你永远青春快乐，永远幸福安康，永远为自己热爱的事物热泪盈眶。

这部散文集分为十章，收录了近年作品，有的被收录为全国各省市中高考语文阅读理解模拟试题，有的是人民文学出版社约稿之作，还收录了部分励志人物的真实故事。这些文字源于内心深处，悉心采撷而来。

人生是一场马拉松，起步早或速度快，并不意味着先抵达人生的顶峰，只有在这场马拉松中最坚韧、最执着、最有意志力的人，才能笑到最后。即使你现在脚步放缓一些，别急，那是为了冲刺成功在养精蓄锐，储备能量。希望在阅读这本书的过程中，也能够为你带来一些人生的启发。在《陌生人牵起手》中，看九〇后北漂脑瘫女孩的励志故事，明白没有什么能够阻挡梦想的脚步；于《金寨三秋》的字里行间，重回工农红军第一县的峥嵘岁月；读《卑微的温柔》，可见微小的生命如何阔步生命的大道；从《两分钟成就一个人》中，找到用最短时间成就强大的自己的方法；看《最美教师的热血青春》，感悟一位好老师如何用爱的教育，逆转学生的命运。

人生是旷野，不是轨道。人生由自己定义，无需束缚于刻板的重复生活，独特而开阔的人生由自己追寻。在那些可以呼吸新鲜空气的旷野之上，有我们想要的自由、洒脱、不羁与缔造。

人生的道路上，与智者同行，可以打开清明澄澈的视野。愿这部散文集成为与你同行的朋友，解开生命中的惶惑，打开人生旅途的一扇窗。

天空越黑，星星越亮。

这个世界总有你喜爱的一束光亮，那是内心最柔软的地方。

愿书卷之香化作给你的一份礼物，成为照亮人生旷野的渺小萤火。

最后，祝亲爱的你，锦鲤附身，梦想成真。

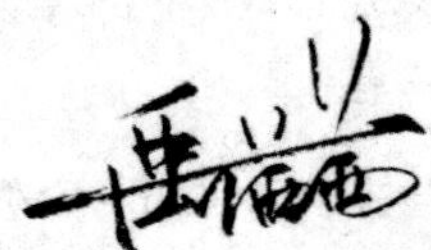

2024.1.28

目录

第一章/没有什么能够阻挡梦想的脚步

第二章/拨开云翳，看见人生最美的景色

目录

第三章/不忘却路过我们生命站台的人

第四章/时光正好，别吝啬你的明媚

目录

第五章/心存希望，幸福就会降临于你

第六章/将忧虑变行动，梦想不请自来

目录

第七章/打开心门，发现更广阔的天空

第八章/每天平凡的坚持将成就不平凡

目录

第九章/一味的埋头苦干不如革新自我

第十章/做一个温暖的人，不负岁月深情

第一章

没有什么能够阻挡梦想的脚步

镜里镜外的梵高

我曾去一家画店买扇面，和老板聊开来。

我说可以拍下店里的画放到网站上作为宣传。他摇摇头说："没用的。"我诧异为什么？他说："现在绘画市场萧条，除非是名家的画，不然无论怎么宣传都没人买的。你看我店里的这幅画，是我那生活在北京的侄子的，花了半年时间画了这幅油画，一直没有卖出去，急得要砍掉自己的右手了！现在把画丢在我店里。"我更惊讶了，精神理想和物质生存的落差竟能大到这样的地步。

我想起了脑海中常常出现的画面——一九二九年丰子恺先生在《谷诃生活》（梵高当时译作谷诃）一书里描述的："他背脊上负着极大的画布，摇摇摆摆地在田野中步行……他又屡屡遗弃画布在地上，自己完全不介意。他并不想从这等作品获得什么利益，已经描出了，就不顾它。有的时候他画毕了一幅画，就把它遗留在写生的场所，独自回家。"

虽梵高也同样贫穷，可是他的心态和店里的画师迥然不同。

梵高，一个痴狂作画的疯子，踽踽独行的天才。

他画了很多自己的画像，自画像里的人是和艺术融为一体的他。然而不理解他的世人看见的只是画里的梵高，是当时的人们不曾触到的、心里猜测的梵高。有人说梵高的耳朵是自己割掉的，有人说是在他和高更起冲突时被高更割掉的，有人说他被割掉的是右耳，因为画里的他是右耳被白布包裹着，有人说是左耳，因为梵高是对着镜面画出的自己。

他在美术商店做学徒的时候，人们看见镜子里的他——孤傲、蔑视一切，因为他冷眼嘲笑那些前来购买美术店里的名画的人们，和美术店经理大吵一架后卷铺盖走人。镜子外的他鲜有人懂——已经悟得真正的艺术的妙谛，在他看来那些所谓的名画没有达到他的艺术标准，而他苦于自己的画作竟还没有被赏识的机会，只有冷冷地看着那些名作被人挟了大笔的金钱前来膜拜。他没有心计，不会掩饰自己内心真实的想法，也不肯装出谄媚的模样讨好顾客，不愿说和内心世界截然相反的话。

他和世人隔着一面镜子，明明他抬起的是左手，世人看到的是右手。明明他画的是如今价值上亿的艺术品，当时的世人看到的是不值一文的糟粕。

镜子里的他，性格是阴郁的、沉默而寡言，毫无风采。在巴黎学画时，已经三十三岁的他坐在古代雕刻的石膏模型面前，背后一群青年同学在那里窥探、窃笑他。镜子外的他，一旦绘画起来就是热情的、灵动的。他画画的时候好像浑身都燃烧起来了，是那些绚烂的颜料踩着他的思想脉络跳着火舞，活跃纸上。

镜子里的他，是极端的、恶意的、狼狈的。他曾身无归宿，寄宿当时有名的画家、他的妹婿莫夫的家，却又打碎莫夫的石膏模型，而后仓皇逃走。镜子外的他，不喜欢自命为大画家并拿出石膏命令他画毫无生命作品的莫夫的作为。在研究神学后的一段时间，他整日苦口宣教，身心都疲惫了才肯休息，把自己的生活费都让给穷人使用了，曾经将父亲寄给自己的原本就不多的生活费让了一大半给一个抚育五个无父小儿的孤苦伶仃的母亲。梵高的父亲见到儿子时，梵高穿着破旧的短衫在一间污秽的小舍的稻草堆里睡觉。过度疲劳、睡眠不足、极度贫穷，他穷得只剩画了。

镜子里的他，不晓得迎合俗众的心理，完全抛却利害得失，只顾着自己的性子作画。农民都不肯给他做模特，嫌人品古怪画风狂热的他画得太丑陋。镜子外的他，所选的题材大多是劳动者，所画的画大部分是对劳动者生活的深刻表现。疲劳的人、忧愁的人、病苦的人，一直没有离开他的主题，他不画一切上流社会的人物。《食马铃薯的人们》便是他在这一绘画题材倾向的荷兰时期的代表作品。他体察人民疾苦，他乐于救助。他看起来愚钝，不会也不愿按照“市场价值”来绘画，可是他一直懂得追随真理。这就是真实的梵高。

理想，今年你几岁？

梦想离我们既近又远。歌手赵雷在《理想》里唱道：

又一个四季在轮回
而我一无所获地坐在街头
只有理想在支撑着那些麻木的血肉
理想今年你几岁
你总是诱惑着年轻的朋友
你总是谢了又开
给我惊喜
又让我沉入失望的生活里

有梦想的人们，听了这样有共鸣的歌声，不禁红了眼眶。在狭窄的出租屋里想家，在陌生城市的角落中喘息，在拥挤的地铁和公交站牌等待，在无数个加班或考研的午夜疲惫……才华的臂力，正艰难地支撑如泰山压顶的梦想，一幕幕坚持努力的画面，像一盏盏祈福的孔明灯，飘摇在迷途的夜晚。

书友说："很多年轻人都对自己的未来感到迷茫，还是孩子时候的我们，觉得凭借我们的一腔热血可以走天下，可现实却给了我们一记响亮的耳光。"

当你的才华还撑不起你的梦想时，应该怎么办？

《当你的才华还撑不起你的梦想时》的作者这样答道："所谓的人生大赢家，并不在于你在哪里，也不在于你做什么，而在于你在自己选择的道路上，是否拥有强大的内心，以支持你想要的生活。皇冠熠熠生辉，是梦想与荣耀的象征。当你的才华还撑不起你的梦想时，你就需要玩命地提升自己的实力。欲戴皇冠，必承其重。"

让才华支撑起梦想，要舍得花钱为自己投资，舍得花时间去学习。

别让自己陷入徒劳无益的眼前利益中去，用节省下来的时间学习新东西，用投资为自己赢来更多机会，总有一天会成倍赚回来。

摩西奶奶写过一部随笔作品，名叫《人生没有太晚的开始》。她是美国妇孺皆知的老奶奶。一个从来没有进过美术学校的农村女子，七十多岁时因关节炎拿不了针线，才拿起画笔，留下了一千多幅油画作品。她成为了《时代》《生活》杂志的封面人物。

七十多岁的年纪在他人看来已是日薄西山，时日无多，但摩西奶奶相信"人生永远没有太晚的开始"。她发挥余热，把时间留给绘画，舍得花时间花钱去实现梦想。最终她的画畅销全球，举办个展，成为一名画家。

在中国也有位奶奶作家，她叫姜淑梅，七十八岁时加入中国作家协会。难以想象的是，她在六十岁时才开始识字、摆脱文盲身份，七十岁开始学习写作。

学习，永远都不晚。只要你愿意为理想而努力，就必有收获。

学会独立决策自己的人生，这是走向优秀的第一步。

为自己的迷茫寻找解决方案，自己面对问题、解决问题，才能让自己真正的进步和独立。一个人心理上不依赖他人，不仰仗世俗，就能好好地坚持自己。

为孩子安排一切，似乎是大部分中国父母的共性。被父母部署安排的人生，让年轻人没有自由呼吸的空气，被安排大学学习什么专业，和什么条件的男孩女孩恋爱，做什么工作，甚至被安排住什么楼层的房子。人不是被动的遥控器，按下什么键就发挥什么功能。即使父母的意见是有益的，自己也要规划好人生，做一个有主见的人。

要学会坚持，将小事情坚持二十一天就会形成一个新习惯。只要坚持下来，就能取得不一般的成果。一个人下班后的时间做了什么，决定他未来会成为怎样的人。

南京脑瘫女孩王忆仅靠一根手指坚持每天写作八小时，一天最多只能完成一两千字。即便如此，王忆依然沉浸其中，乐此不疲。靠着对梦想的顽强坚持，加入作协的她至今已出版了多部作品。

哲学家苏格拉底曾经说过：“世界上最快乐的事，莫过于为理想而奋斗。”理想实现的过程，即是才华增长的过程，只要乐于奋斗，总有一天，平凡的坚持可以晋升为才华的钢筋，筑成梦想的大厦，用出类拔萃的才华，支撑起你有志终成的梦想。

理想，今年你几岁？每个人怀揣理想的年纪都不同。谁的理想年纪越大，谁的心态往往越年轻，也是坚持持久、才华积淀较深的那个人，更是离梦想最近的那个人。梦想是会随着上一个梦想的达成而进阶的，这就需要人不断提升自我，学无止境。

构筑文学语言的琥珀之墙

读《黑池坝笔记》，是与思想者同行，读懂了这部书，也就读懂了人生。

——题记

先发“致”人，以诗致敬，以诗致远，世界辽阔，凝结在诗人近二十载心血所成的《黑池坝笔记》抚阅之间。这是一部广涉诗学、现象学、哲学、语言学、社会学内容的随笔总集。千余枚锦缎箴言，似春树绾上青叶的额发，丝丝零落心涧，又随风而起。撷取它们中的一枚，别在胸口，收获人生的轻快，洒脱与超然。

陈先发是当代诗人，曾获鲁迅文学奖、华语文学传媒大奖、十月文学奖、英国剑桥大学银柳叶奖等国内外奖项数十种。其作品被译为英、法、俄、西班牙、希腊、波兰、西里尔等多种文字传播。在这部散文随笔集中，能够学习到诗人的诗意美学、诗歌理论和创作思想之“经”，字字珠玑，是当代诗学艺术的瑰宝之作。它的奇崛瑰丽，广袤无垠，出其不意，与北宋王希孟《千里江山图》的大胆设色，散点透视，盎然堂皇有着诗画相通，异曲同工之妙。

书橱里有很多不同类型的书籍，或是丰富知识储备，或是提升创作水平，而陈先发的这套书迥然不同，是可以影响一个人思想的书。

遇到不顺心的事，把书捧至眼前，烦恼消散。有人会奇怪，这么神奇吗？我想，读书读的是格局，是心怀。一本书打开了你的心，那么它又何尝不会让人释怀一切烦忧？只因读书时有诗人的眼眸带着你看世界，书中的汉字，仿佛并不是诗人独有的，而是推心置腹赋予读者的。有时我拿起毛笔誊写着，书中语句可作座右铭。

> “一个人可以同时是猛虎又是骑在虎背上的人。而一个人不可能既是磅礴的落日又是个观看落日的人。”

如同读庄子。庄子在《逍遥游》中写道：“至人无己，神人无功，圣人无名。”这是庄子心目中境界最高的人。凡人执着于名利，时常烦恼缠身，所以需要提升境界，不执着于功名利禄，才能活出自由超脱，有大境界。当一个人如猛虎般行走，又能驾驭猛虎，他是强者，亦能凌驾于强者。但落日只是落日，它的磅礴之美，无法超脱它的本身，蜕于微渺中。也就是说“无我”不能包含“有我”之境。无我之大，超于猛兽。

文学语言的表达方式，有时也像魔方，有很多种转法，百解得一，所不同的是，不同的文学语言呈现方式，亮出的是不同质感的琥珀。琥珀可以保存亿万年前的花朵，此意象象征着事物的相对永恒性。陈先发在《黑池坝笔记》中的创作语言，已构筑了文学语言的琥珀，或读获血珀、金珀、蜜蜡，或读获花珀、植物珀、虫珀……它可以沉潜，可以保鲜，越过年代、空间，因为书中思考的事物有穿透时空的思想性、真理性。

> “夜雨被风裹挟着，像有人蹑手蹑脚在青瓦上赶路。我们不眠的内心，像是急于向它交出一件东西。”

诗人写下一句话，仿佛是铺洒了语言的新芽，生长出了无数句话。这些深埋在生活矿藏中的哲理，诗人掘开了呈现给读者，不是单纯意义上的阅读，而是进驻灵魂的过程，用语言影响思想，继而影响人的身体力行。

> “天翻地覆，露水不动。如果没有这滴露水，天翻地覆即是假的。此露为核，统摄幻觉。此露为真，无誉无毁。”

翁同龢说：“每临大事有静气。”正是“天翻地覆，露水不动”的美与气魄。这句语言的美是大于它要表达的气魄的。读到这句话，我突然羞愧起来，也坚强起来。愧于从前没有露水的镇静，遇到一些始料未及的困难，就滴下眼泪。想起了一位朋友送给我的话：“有求皆苦，无欲则刚。”无誉无毁的露珠，似乎已经有了超于钻石的能量。

有时我想，人为什么要读文学，拥有知识，拥有证书不是能够更快地获取生存技能吗？文学是温润的白开水，它不会在短期里教会我们什么，但是它滋养着我们的心性，告诉我们更深刻的道理。它不冰冷，也不滚烫，它是一种刚刚好的抵达。无论是倒好这杯温开水的人，还是喝下去的人，在某种程度上，他们能够在千里之外相互契合。我更相信一个作家在苦难时创作的作品，总要比他春风得意时的作品要好。低处为王，高时看低，低时不慌，因为低沉之后，手中的风筝才能有空间乘风而起。

作为作家和诗人是需要深刻的，这样才能带来隽永的作品。作家的责任是很重的，分量也是很重的，是时代的引路人，光明使者。读《黑池坝笔记》，是与思想者同行，读懂了这部书，也就读懂了人生。于我来说，每天阅读一两页就够了，需要慢慢消化。也许今天我忙着工作和生活，等我想不通的时候，就翻开它，阅读几页，我的生活又被点燃了，不安的心可以沉淀浑浊，空明澄澈。

陈先发的文化随笔著作《黑池坝笔记》作为跨界写作的奇异创获，当代诗学的珍稀探索，句句生莲，字字生香。这座栖身心灵的琥珀墙坝，召唤着真正的文学力量。

你披着月光，从一首诗的星光里走来

当你老了

头发白了

睡意昏沉

炉火旁打盹

请取下这部诗歌

慢慢读

回想你过去眼神的柔和

回想它们昔日浓重的阴影

多少人曾爱你青春欢畅的时辰

爱慕你的美丽

假意或真心

只有一个人还爱你那朝圣者的灵魂

爱你衰老了的脸上痛苦的皱纹

——叶芝《当你老了》节选

《当你老了》这首满怀深情的诗歌，是二十八岁的叶芝写给他一见倾心的女子茅德·冈的情诗。诗歌情谊至深，美妙动人。相信任何一个女子都难以拒绝这样饱含深情、剑眉星眸的英俊诗人。可现实总是给童话纯白的肌肤剥开鲜红的疮口，他追求她大半个世纪而不得，向她求婚多次，写诗无数。叶芝去世后，凭吊者无数，唯独她拒绝去他的墓前。

有人说，是苦难将叶芝刺成了一首诗。是的，他的诗歌太过美妙，他这样写天空：黄昏织满了红雀的翅膀。他写自己被寂寞流放，他披着月光，从一首诗的星光里走来。音乐诗人李健极爱叶芝的诗作《寂然的狂喜》，他推荐道："这本《寂然的狂喜》，绝不是单纯意义上的诗集，是关于诗意的文字与绘画的综合表现……这本书让我爱不释手。"

他是诺贝尔文学奖得主，二十世纪最伟大的德语诗人之一，爱尔兰国宝级诗人、剧作家、散文家。叶芝是爱尔兰的灵魂，爱尔兰可以没有风笛，但绝不能没有叶芝。诺贝尔文学奖给他的得奖评语是："因为他通过那些具有高度的艺术形式和创造性的诗作，已将一个民族的精神示予世人。"

我步上墙垛
注目一段残垣
凝视地面冒出一棵树
任想象驰骋

我仿佛看见叶芝站在家附近的塔楼上遥望，看夕阳西下，召唤一棵古树的精魂。浪漫的叶芝喜欢泰戈尔的诗歌，泰戈尔对他有着最深的影响，他说："每天读一句泰戈尔的诗，让我忘记人世间所有的苦痛。"他不断地突破自己，其诗吸收神秘主义的精华，并且追求道德上的完善，在美好、道德、信仰、希望、爱上面追求拯救之路。

叶芝不仅是一位伟大的诗人，他还是最古怪、最勇敢、最不可思议的革命分子。他从未杀生，但他的革命结出了果实，这个沉甸甸的果实就是爱尔兰精神的革命。戈加蒂曾说："无叶芝，无自由。"

一八八九年，让他爱慕的美人出现了。年轻的她出生于英国，她是民族主义、女权主义者，被称为"爱尔兰的圣女贞德"，她的到来，点燃了爱尔兰最不求回报的爱情故事。叶芝一生的苦恼开始了。"她伫立窗畔，身旁盛开着一大团苹果花；她光彩夺目，仿佛自身就是洒满了阳光的花瓣。"美人离他很近，又很远，她对他若即若离，这让他辗转反侧，痴爱一生。

十九世纪九十年代，叶芝的言论地位在上升，但他的政治、精神和情感生活，都围绕着他心爱的茅德。对于叶芝来说，她就是他的爱尔兰，但是她并未以诚相待。叶芝的情场失意并未阻碍他成为一个伟大的诗人。他每天早上起床后就会写诗，他很努力，工作不息，他会耗费数日、数周，甚至是数月在诗歌上。叶芝说过优秀的民族离不开文学，优秀的文学离不开民族。

时光流转，二十年代末他病得很严重，几乎撑不下去了，他意识到自己真的老了。他在给好友的信中说："年龄加速了我的变化，我对自由的渴求。"本布尔山下是他的最后归宿，终于叶芝也将自己镌刻入了崇高的爱尔兰英雄的先贤祠。

叶芝为何对爱尔兰那么重要？是叶芝对爱尔兰民族的认同感，尤其是因为他的一生如此大起大落。叶芝始终在爱尔兰文化中，有人说爱尔兰文化起于叶芝也终于叶芝。叶芝的高度在世界顶端，也融于爱尔兰的骨血之中。他的故乡，接待着每年纷至沓来的游客。每个国家都有很多人喜欢他的诗歌。

"我的诗篇就是武器。诗人的武器五十年后方能发挥威力。"叶芝大智若愚，总能够预言历史。他的这句话很像我国山水画大师黄宾虹的预言。黄宾虹一生不被人承认，临终前说：“我的画要五十年后才能为世所知。”他离世后，果真名声大震，成为一代大师。

叶芝辞世后五十年，终于开启一个和平、多元化的爱尔兰，这是叶芝期盼已久的国家。叶芝，不仅是一位优秀的世界级诗人，他更是一位伟大的历史人物、自由主义者、革命领袖、民族主义者和爱国主义者。他的墓志铭上镌刻着最后的诗行：“冷眼看生死，勇士自向前”。

他的诗歌为他的长眠之地铺满了百年的朗朗月光。

轻捧一部书，举重一个时代

散文大师王鼎钧的自选集《江河旋律》，写出了令读者敬仰的人生厚度。书中说："在我的家乡，形容一个人专心阅读，说他像'吃书'一样。"读者若能细细咀嚼这部书，灵魂的味蕾也会有一种久久的回味。

开篇美文《脚印》虽然只有薄薄的几页纸，却似人生的船，载着美丽的梦。文中说："人死了，他的鬼魂要把生前留下的脚印一个一个都捡起来。"王鼎钧生于一九二五年的山东兰陵，在抗日战争的烽火中离开家乡，后辗转到美国高校任教，退休后定居纽约。文中有这样一个奇幻的比喻："家乡有座楼，楼顶上有个麻雀窝，窝里有个麻雀蛋。有一天，不知怎么了，窝破了，这些蛋在半空中孵化，幼雀破壳而出，还没等落到地上，新生的麻雀就翅膀硬了，可以飞了。"他深情地说："我一旦回到故乡，会恍惚觉得当年从楼顶上跳下来，落地变成了老翁。"

书中谈到故乡话题的文章，不止这一篇。比如第二辑中的散文《失楼台》，讲述的是作者外婆家堡楼的故事。小时候，他最喜欢的地方就是外婆家，“一看到平面上高耸的影像，就想起外祖母家，想起外祖父的祖父在后院天井中间建造的堡楼，黑色的砖，青色的石板，一层一层堆起来，高出一切屋脊，露出四面锯齿形的避弹墙，像戴了皇冠一般高贵。”废弃的堡楼，是他和小伙伴们玩耍的“基地”。但童年的日子并不总是太平的，有一次，土匪包围了外祖父家，外祖父就带领着看家护院的枪手站在楼顶，支撑了整整四天四夜。土匪的枪打得堡楼上尽是密密麻麻的弹痕，但没有一个土匪能走进院子。王鼎钧的舅舅就是在那次枪声中出生的，土匪撤退了，舅舅也停止了哭泣。

后来，日本的侦察机经过，堡楼倒塌，作者把它拟人化：“不！它只是在夜深人静的时候悄悄地蹲下来，坐在地上，半坐半卧，得到彻底的休息。它只是非常果断而又自爱地改变了自己的姿势，不妨碍任何人。”其实，这也是一个时代的改变和休憩，倒塌的堡楼还会以新的方式站起来，就像中国人会开拓新的世界，赢得新的胜利，阳光还会再次洒满亭台楼榭。人，不服输，楼，也一样。

在《我们的功课是化学》一文的开头，有这样的话：“慢慢看啊，每个人都是风景。如果人人似乎心怀叵测，连海波也是在搜刮天空。”这些话未免让人不解，甚至看到标题也会误以为是在讲述数理化课程。读完全篇才会明白，这是一种化解，一种定力。作者阐释道：“化！化种种不平，不调和；化种种不合天意；化百苦千痛，千奇百怪。”就像家中的老人在谆谆教导，温和慈祥，不会有青年人的莽撞和走错方向后的执拗。他是用尘埃落定般的、如水中月光的眼神沐浴着你。这门“化学”课会让人跨越好几十岁，感受到教化人生的细语轻言。

如果说年轻人尚不能拨开人生中的迷雾，那么这位度过了近一个世纪时光的老人，是真正体悟到了祖国的大江大河在奔流不息中所蕴含的人文精神。王鼎钧的文章里有大爱和大美，也有人间的大智慧。他笔下的江河旋律，是一首动人的畅想曲，在一代代读者的记忆中潺湲流淌。永恒的文学终究不易得，而作者要从笔园落下一大片雪地，让游园人自己踏雪寻梅。当轻捧这部书，犹若举重了一个时代。

我是镜头，无处安放之眼

记得有一幅摄影作品《天鹅泉》，氤氲的铅蓝，调入清浅的紫罗兰，霜雪自由地缱绻密林间，朦胧幻境，在天鹅泉童话般复现。掀开迷雾，似乎还隐居着一位落难公主，长发及腰，饮泉止渴。

摄影是一块简洁的或有思想的画布，亦是一张等待填满的白纸。

摄影师林若寒按下快门的一瞬间，白纸上、画布间，荒草野蛮丛生，背影几世苍茫。

我没有种子，也能拥有一片荒原，我没有言语，也把一个人、一个时代拉入一个属于自己的平面世界。

我是镜头。

无处安放之眼。

布列松说："世界上没有任何事情没有其决定性的一瞬间。在几分之一秒的时间里，在认识事件意义的同时，又给予事件本身以适当的完美的结构形式。”

摄影师阿 C 是关爱这个世界的，关注世界的角角落落。因此，雨水井下，一个不知名的人，也会成为他镜头下那一瞬的明星。所有的光，所有的线，还有一双不愿意眨一眨的眼睛，都聚焦于他——劳动者，一个比任何明星都光辉的名字。

伟大的摄影不应该是明确的，它要能够留下思考的空间和余地。

摄影师潜入湿地，拍下雾中黑鹤，富有多层隐喻。何尝不像艰难探索中的人类？我们何时能够走出层层迷雾，抵达未知的家园？

迷雾、冰霜，从不是阻拦生命向往幸福的理由。

一如既往地倔强。

让·鲍德里亚说：“摄影的沉默是与电影及电视不同的，最为宝贵的特性之一。”

在我看来，摄影是无声的思考。

二〇一五年夏，我师从摄影家石星原。他毕业于东京摄影学院，是商业摄影出身，合作拍摄过劳斯莱斯。他的作品是以自然打底的，正是因为这样，商品才有了生命之感。

石老师让我们尽可能拍摄简洁的画面。课后，我来到北京大学，拍摄未名湖边的石头，它们一块一块很有节奏的排列，像是能够跳动的音符。我涉足水岸，不必触碰，就能抓住它们的边边角角。是光影背上我，擒住了那些不安的精灵。蓝天、白云，似乎也授命光和影背着我，跳上天幕，天真地采撷。

背景干净简洁，是我牢牢记住的基本法。

一幅拍摄和谐自然美景的作品落入眼前，两只模样相似的翠鸟彼此扭头，一左一右站在同一根树枝上。创作者悠闲的快乐人生没有为之取名，我代取为《镜鸟》。其实每个人在生活中都有最初与自己性格、经历相似之人，他们用生活之镜相互观照。直到某一天，他们可能各自扭头而去，过上截然不同的生命轨迹。死亡，是生命第二次的交汇点。

大连摄影师金重的《美好未来》，是蓝天下群鹤翔舞的图景，是雪后吉瑞。

飞吧，飞向美好未来。

生命本不能定格，唯一能用假象控制时间的，就是我了，我是镜头。

比叶轻。比尘重。

曾经，我去央美看画展，数百幅素描、油画、工笔、版画等，色彩斑斓，让人眼花缭乱。

独独，在一幅画下，我驻足良久。

多年过去，记忆至今。那幅画，只有白色。

白色的水，白色的天，白色的帆，白色的波光。

白色的宁静，画入心眸。

小麦 skin 的《岸芷汀兰》系列摄影中还有很多张作品，有的是大幅的美人倩影、特写，有的是青葱草原为背景的完美构图。唯独选下这幅。

理由：白裙，白湖，白天，白云。

水天一色，天地共生。

青草如春，美人凝望的是生活的安宁与美好。

不驳杂，不刻意。这也是一个人，纯净自在的生活法。

每年冬季，俄罗斯摩尔曼斯克州大片针叶林植被冻结成这些迷人的形态，被当地人形象地称为“雪怪”。

摄影师枪炮玫瑰说：“北方往事，孤独的雪怪，我的爱。”

摄影师把他冒险的世界，做成实验切片，送给我们。

我们把这些光怪陆离的神奇，拿到显微镜下观察。

千千万万，万万千千。

直到，泪眼模糊。

白雪皑皑，高大而挺拔的雪怪，给人们带来超现实的视觉体验。

这是摄影师枪炮玫瑰第三年前往北方寻找这些雪怪，在他看来，它们的造型非常惊人。这也是大自然永恒的神秘。

光影之外还有一个世界，一个幕后之手——思想。思想引领着最高的行动。

思想是摄影乃至文艺作品的先行者。

因为大自然是最好的思想家，她超越现实，永赶人前。

女作家勇闯核灾难死亡之地

在世界反法西斯胜利七十周年的二〇一五年，新一轮的诺贝尔文学奖揭晓，六十七岁的白俄罗斯女作家阿列克谢耶维奇成为最大赢家。有人说她的获奖有些意外，一字一句读过她的作品的人们，会深切明白这一世界荣誉赋予她的意义。

文学的高墙未必是由华丽的辞藻，惊情的故事或是满腹才情砌成，也会是从一处心灵院落扫去的尘埃而竖成。

阿列克谢耶维奇无疑拥有优秀作家所具有的悲悯情怀和一双善于发现的眼睛，更宝贵的是，直面人类以科技为名造成的深重灾难，她有着一颗想要警醒世人的决心，她的作品直抵人的灵魂深渊。

每个人都有故事，每个人都是作家，只是常人未把故事、感受以文字的形式汇集，它们随记忆飘远。在阿列克谢耶维奇所著的纪实文学书籍《我不知道该说什么，关于死亡还是爱情》中，作者以切尔尼诺贝利核灾难幸存者们的口述，记述成一页页感人肺腑的故事。相信每当她听到一个故事，内心必为之震颤，作为作家的社会责任感油然而生。

《我不知道该说什么，关于死亡还是爱情》里，描述了一种看不见摸不着的可怕的“怪物”，它的存在等于把活人推进了火葬场：

爱人之间无法再亲吻；囚犯因辐射过高竟无法被送回监狱；刚出生五分钟的婴儿被士兵扔出窗外；整个村子只剩下两位老奶奶；孩子们眼神空洞，才上小学五年级的女孩上吊自杀；生小孩成为一种罪，切尔诺贝利人生下来的孩子身上流的不是血，而是不知名的黄色液体……

这“怪物”便是一九八六年切尔诺贝利核电站爆炸后带来的“核灾难”，它是二十世纪最严重的科技浩劫，土地受到核污染，人类出现可怕的病症，死神不断降临。最可怕的是眼睁睁地看着最爱的人，逐渐远离世界，可是连给他(她)一个告别的拥抱都不行。被埋葬之人的坟墓被人群远离，因为他们害怕尸体也有辐射。

书中有一句话萦绕于心：我问你，文字描述的世界是真正的世界吗？文字挡在人与人的灵魂之间。

我对于这句话的理解是，如果文字描述的不是真正的世界，那么它已经被人的灵魂阻隔。换句话说，文字受灵魂、人心之限，它未必描述了真正的世界。

书中的一位灾难口述者，戈梅利州立大学讲师布罗夫金说到，记得事故发生后没几天，图书馆所有关于辐射、广岛或长崎，甚至关于X光的书都消失了。布罗夫金看到，人们移除、掩埋被辐射的表土，那不像地球上的景观，他写了一篇想象这里百年后模样的小说寄给杂志社，却被杂志社以“不是文学作品，而是描述了一场噩梦”为由拒刊。他从内心发出疑问：为什么每个人都对切尔诺贝利保持沉默？为什么我们的作家不书写关于切尔诺贝利的事？你觉得那是意外吗？所以怎样比较好？记得还是遗忘？

阿列克谢耶维奇说：书中的人已经见过他人未知的事物。我觉得自己像是在记录着未来。

作为至今人类史上最惨烈的科技悲剧，这段文字的回忆，不该被挡在企图遮掩真相的人与人的灵魂之间，真相应该被揭示。今天的我们应该思考未来如何避免灾难重演。

在面对灾难时，应有着阿列克谢耶维奇的坚定，记叙时代悲苦，见证人类历史上沧桑的一页，用文字描述真正的世界。她甘为正义冒着生命危险，深入前线收集这些散落在心灵辐射之霾下的文字，这就是文字工作者的勇气，从事文学之人在人格上的闪光点。

冲破重重困难的阻隔，在不羁灵魂的最深处呐喊，不再让文字挡在人与人的灵魂之间，释放出正义的能量，我想，这就是阿列克谢耶维奇的作品备受世界瞩目的原因。

陌生人牵起手

一个转身

见缓缓而降的电梯上

陌生人正牵着她的手

她笑了

似玉树琼花

这是我最后一次见她的场景。这幅画面在我生命里永久的定格成诗，记忆的浪花不断地涌上微颤的笔触。

“不好意思，我迟到了。”课上了约半个小时的时候，一个身影踉踉跄跄地进来了。她的其中一只手掌和手臂弯曲，背在身后，走路也不方便，背着白色的帆布包，还有一个类似电脑包的黑色包。

在学校午餐时，她是一个人，我和另外三名同学围在一个圆桌上吃饭，她的背影有点孤单。

吃过饭了，一个同学悄悄和我说，看那个女孩，她好像是网上很有名的诗人，有好多电视台采访过，我们去找她签名。我一看，是她。她虽不是余秀华，她，得了余秀华的“病”。余秀华的诗已燎原，而她仅是开在寂静山岗上的琼花一瓣。

我开始关注她、理解她。得知她每天早上得五点钟起床，才能赶得上九点的学校课程时，感叹她住得太远了，加之北京的早高峰总能从北五环堵到南五环。时间在等待中飞逝，命运仍在原地踌躇。群鸟在头顶自在的盘旋，头顶中了离弦的时光箭。

后来她说住的实在太远了，上学不方便，过了一些日子，她重新找到了房子，可以六点多起床，这样能够准时到学校。

由于她只能用一只手，不方便扎头发，她在课间时会找我帮她扎马尾辫。我拿起梳子，抚起她的及腰长发，一丝一缕都缠着她曾度过、苦过的分分秒秒。我在编剧班时，她也常常串门，我们有了默契，我拿起梳子，回想老师曾在课堂上分析的电影《绿洲》，它是一个特别的，以脑瘫女孩为女主角悲情故事，催人泪下。

梳子在她的发间梳着一下、两下、三下——又仿佛梳开了一首诗。那是余秀华的《与一面镜子遇见了》：

我的身体倾斜 / 如瘪了一只胎的汽车 / 所以它随时会制造一场交通事故 / 为此得准备大篇的说辞，证词 / 以及证供下来后的水和营养……我的嘴也倾斜 / 这总是让人不快 / 说话和接吻都不能让它端正一些

遇见她，我才理解这首诗的背后，有千千万万个坚强的身影，在与命运抗争、搏斗。可关于她，这时候的我只看到了外表。也许是老天早已安排了我们的友谊，随后的事件，使得我有了了解她内心的契机。

她的家乡在黑龙江省鹤岗市的一座山村，七岁时才学会了走路。

上小学时，因为身体原因，求学艰难，而她的爸妈支持她学习。中学时的她不像成人后的稳定身体状况，她身体抽搐，手不好使。用她的话说是：在学校上课病发时，全身就像五马分尸前一刻，被勒得很紧，可那些人即将解脱了，而我永远无法解脱。脑瘫患者的肌张力一般都高，她只能趴着睡觉，手不听自己的话，如果此刻有人拉她，她的手臂就会感觉到越来越紧，身体抵抗力也很差。

我想象着一颗无助的心住在瑟瑟颤抖的花季少女的身体里。她辍学后寄居在别人家里，过着一种暗无天日的生活，没有学业可完成，没有工作能力可言，没有爸妈给予的关爱……

亲戚认为十七岁的她应该趁早嫁人。“要做有气节的人，要嫁也是自己找。”她不甘于自己的生活被别人主宰，她想和命运抗争，做一个独立自主的人。

在佳木斯求学时，她没钱给房东交房租，搬到了城市里的“平民窟”，是间只有两平方米的极小的单间，仅能容下一张床和一张桌子，单间的墙是木板做的，她站起时一伸手就能摸到房顶和灯泡。

迷茫时期的她曾写过这样一段话：有无数次在半夜惊醒，看着宿舍墙壁上的裂缝，我忽然会对自己发问，“我是谁？我拼命坚持留在这里到底干什么？将来又会在哪个角落里安身？”我茫然，不知所措，我该怎么回答？我不知道我该怎么走下去。

有天半夜里迷迷糊糊感到有人摸到自己的腿，她的心猛一惊，吓个半死，不敢出声。感觉那个人走了之后，她才心有余悸地打开灯，发现自己的手机、MP4（多功能播放器），和钱包里仅有的二十元钱被小偷偷走了。

毕业后，她去找工作，但每家都拒绝了她。其实她是有能力做好工作的。

十八岁，原本是女孩最美好的时光。孤身在外的她被升腾在孤独的泡沫当中，彩色的它们梦幻般易碎，身在异地也不能从爸妈那里获取安全感，每天自怨自艾。

二〇一一年的深秋，她在去朋友家的路上时，由于走路太急，脚卡进了水泥地的缝隙里，她颤抖着手拨打了家人的电话。爸妈焦急的赶来，将她送到县医院，缝了八针。心里的疼和身体的疼交织在一起，她仿佛看不到未来的方向。

在医院养病的日子里，她开始反思对社会的认知，她知道成长必须付出代价。病房里播放着黑龙江卫视的《爱笑会议室》节目，她萌发了为节目写段子的想法。她开始编织搞笑的喜剧剧本，发到爱笑会议室成员德柏在微博里公布的邮箱里。德柏是职业编剧、演员，他给她回复过一句：我们一起努力。

虽然只有短短的六个字，留给她的是坚持下去的勇气和信心。

直到她有了一次去《爱笑会议室》录制现场的机会。她的爸妈支持她去，她真的来到了现场。从那之后她发现自己喜欢写剧本，剪辑MV（音乐录像），对影视类的工作感兴趣。她在网上找到了北京的学校，学习编导。

来北京的过程很曲折。她一开始住在北京通州，这里离学校有三个多小时的路程，她想换房子住，方便学习。后来，在她姑姑的帮助下，她找到了新房子，从这里到学校也需近两小时的路程。

之后的故事，就是文章开头我们在学校相处的一幕幕了。

离别的时刻很快到来。我带的东西特别多，而她硬是要帮我拎其中一个包，顿时鼻子很酸，有这样好的朋友，还有什么不知足？

她拎了好一会儿路，文燕帮她拎会儿。我们走到北京南站，要经过一处电梯，它缓缓地下行，快要到头了，我把电梯上的行李箱拎起，走到地面上。一个转身，见缓缓而降的电梯上，一位陌生女士正牵着她的手，以稳固她较弱的平衡力。她低着头笑了。眼前的这幅画面好温馨。生命中她遭遇不少挫折，也遇到很多好心的陌生人帮助她。陌生人牵起手，是我们这个社会所需要的。

九〇后的她说，我只有一个愿望，就是靠着自己的努力，找一份工作，养活自己。这些年，感恩爸爸妈妈把我带到这个世界上。感谢一些经历把我修整成现在渐渐成熟的自己。不算强大，但是很坚强，不算勇敢，但是很执着，不算出色，但是慢慢知道了如何去努力成长，不算完美，但是渐渐学会了欣赏残缺的美丽。我相信终有一日，面朝大海，春暖花开。

我喜欢爱笑的她，她的笑容让我知道，这个世界没有什么能抵挡梦想的脚步。她正直而强大的心一直坚定地扶持着她柔弱的身体，她的笑容震撼了周围每一个人，生命可以如此向上。

第二章

拨开云翳，看见人生最美的景色

金寨三秋

闭上眼，一座城在我心里地动山摇。

——题记

一

初遇金寨的第一个秋天，雨后初霁，手掌比拟着山脉的高低起伏，站在壮观的大别山脉前，仿佛能听见刘邓大军千里挺近大别山时那铿锵有力的步伐。但此时，我并不懂金寨，作为一名普通的文艺工作者，穿过幽蓝的星空隧道，告别皖东千年醉翁亭，穿越半个安徽省，从家乡皖东驶向工作地皖西，金寨遍布的革命遗址和红色故事只如远山的晨雾，淡淡地缭绕心涧。

站在巍峨壮丽的山川之下，一个异乡人，带着几十年的人生阅历，初见金寨时，似乎能很快用知识、用粗浅度日的时光吃透金寨这部史书。但这完全是幻想，拥抱一座山，用想象力，闭上眼睛就可以做到，而阅完一座山，用尽一生的时间，却也不能够。

一颗红星，闪耀一方红土。当这颗红星点燃燎原星火，巍巍大别山，云霭变幻，朝气蓬勃。当这颗红星在中国红岭公路的康庄大道熠熠升起，将军故里，百里连绵，万山红遍。当这颗红星嵌入大湾村汪家祖宅院西古民居墙檐，五十九位开国将军，将英雄金寨，连成星光璀璨的苍穹。在红军战士翻山越岭的峥嵘岁月间，金寨的传奇，永世流芳。

晨起，望向窗外，远方连绵的大别山在初阳的霞雾中若隐若现，绯红的阳光将山雾染成了淡淡的金粉色，在层峦叠翠的山肩徐徐缥缈，宛若流画。

大别山的山水像一位含羞的神秘的女性，远远的，遗世的，默不作声，静静地看着你，从不张扬她那张饱含革命沧桑的、沉淀红军回忆的惊世面容。

落羽杉与大别山层薄而出的迷雾交相辉映，在天堂湖上游，芦苇枯丛邂逅了三两只中华秋沙鸭。

和风飘拂的一月梅花雪，浅浅的撒在栈道和碧叶间，一对对清浅的脚印和一道道车辙印出一幅精致的浮雕画来。

玉兰谷中，一簇白玉兰似的景观，点醒冬困。不经意的回眸，黄绿色的梯田醉人心扉，似一片金钿镶嵌在绘就史书的深墨中。青山下的袅袅炊烟像是屋顶燃上的一炷香，飞鸟是常来常往的香客……

八十多年前，历经万里长征的红军们在大别山静静的山谷，枪不离开手掌、胸口。

他们衣衫褴褛，光着胸膛、赤着脚、流着血，已被荒草和野花掩埋，这山从此有了亲热的温度。

如今，山麓早已褪去了战火咆哮，枪口冷却，但绵延千里的大别山保持恒温，不乏朝圣者的造访。

听呐，当年红军的脚步声越过大别山脉时，是如此的惊天动地！

人心齐，山可移。一个人如果是一座山，那这座山丘，誓要沿着心灵的旅程走过万水千山。

二

金寨之秋，清冷中不甘落寂的热烈。

蜿蜒在漫山红叶中的山区公路，似镶嵌在群山里的九曲黄河。黄河的那头，曾有红军战士的呐喊声、冲锋声，鲜血淋漓的汩汩之声，开山辟路的振聋发聩，在山谷间回肠荡气。破晓时分，秋意皴染马鬃岭，云雾在大别山肩翻腾，让游人平淡不羁的脸庞拓印出叠翠流金。

红叶，一针一线锦绣在上。红军墓园旁，一位郑姓的十三岁少年守着忠魂，直到佝偻身躯，变成八旬苍髯老者，继而矮成同样高低的坟。他这一守就是六十多年。

一九三四年冬，红二十五军八十二师共六百多人向根据地进发，当行至金寨县长岭乡乌凤沟时，遭到国民党军队伏击。当时仅两百多人突围，其余将士全部壮烈牺牲，八十二师师长周世觉阵亡。

少年躲在山洞里，目睹了战士们的牺牲。他爬出洞后，冒险和当地农民一起掩埋了烈士们。他稚嫩的手不停颤抖着，仿佛在云上抖落皑皑冬雪，雪尸比大别山的山石还硬。可少年的心软成了一条红绸，覆盖在这片曾经惊天动地的山川。

他守护着铮铮烈骨，十万忠骨也守护着咱老区人民。

无论世事如何斗转星移，陵迁谷变，郑长林、郑学才、郑以清、郑为栋，四代人义守红军墓，郑家老屋与红军墓相守相望。

秋天的凉意削去了人心的浮躁。阳光由炽烈变柔和，到了沉下心，梳理思绪的时节，而空气中依然颠簸着夏末的温热。在时间的烘焙下，山川和溪流其实是将我们所有人都翻到土壤以下的。翻下去，却不翻篇。革命烈士的魂灵，依旧着附在大别山革命老区金寨数不清的清冽之上。

“山之南山花烂漫，山之北白雪皑皑，此山大别于他山也！”相传诗人李白登上大别山后惊叹不已，从此，大别山，有了她的温度和名字。

“一寸山河一寸血，一抔热土一抔魂。”金寨五十九位开国将军、十万英雄儿女托起共和国的今天。十里画廊，描摹不尽她深眸的洞幽察微。急竹繁丝的奏和，亦演绎不绝她彪炳史册的功勋。

在金寨，即使是一棵树，一瓣落红，一枚印章，也有它的故事。

三

在金寨，有两座连在一起的红军坟，它们是空坟，祭奠着叔侄烈士的英灵。叔侄二人在金寨县革命烈士博物馆里都留有英名。

叔叫汪纯金，一八九六年出生，一九三一年在第二次国内革命战争中壮烈牺牲。当时任部队营长，牺牲后被当地老百姓发现就地埋葬。他牺牲时身穿百孔，目不忍睹，后被养子汪若俱招魂入墓，葬于金寨县桃岭乡桐岗村棬桥组路上方梯地。

侄叫汪若宽，中国共产党员，十六岁参加革命，少年的他为了掩护叔叔等共产党革命家，被国民党杀害，牺牲时年仅十八岁，被老百姓埋于他地，后被其弟汪若俱招魂入墓，和叔叔葬于一起。

叔侄烈士牺牲在战场，遗体嵌入了大别山的山山水水，怎么也找不回了。亲人们在墓里放空棺，然后竖碑刻字，作为永久的祭奠。

亲人们上坟时说他们的灵魂还在，大别山的灵魂还在，只要有这座红军坟，他们就还会回来的。

许多烈士，并不能被人们一一记住。相比于伟人，他们是平凡的，可是我深深敬重着他们，因为他们用平凡的身躯，驻守着伟大的和平事业，视死如归，撑起共和国的明天！

秋日柔和的阳光，降落在我身上，不理解变成了信任，陌生变成了熟悉。金寨的秋，于我来说，比去年更深邃，更硕果累累。

四

第三个秋天，已被炎炎夏日深埋许久了。

天光凿开一个豁口，让秋色渗漏，繁华都市下汗流洽背的你，旋即透过它，摄走一万方清凉，进入华东最后一片原始森林天堂寨的瀑布群，或探寻金刚台妇女排艰苦卓绝打游击战时居住的红军洞。这样奇异的秋，如金寨县青山镇龙井十里溪的石纹画一般灵动，潺缓勾勒。

一字一叶，一句一枝。

磨墨濡毫，山高水长。

生命中至多剩下几十个秋天。而无论哪一个春去秋来，心跳不止，墨羽不折。

不必做一枝莲，守在岁月的风口，一眼就被望见，做她身边一丝氤氲的晨雾就好。

因它似重若轻，似有若无，幽静的，穿越整座池塘。

每个人都是他自己。

不必刻意去寻，别处的风景。

金寨的秋天没有“一声梧叶一声秋，一点芭蕉一点愁”的忧伤，反是“冲天香阵透长安，满城尽带黄金甲”的昂扬向上。

哪怕有一日老去，我的灵魂会一直在金寨站岗。因为她将我平凡的青春赋予了意义；她将我的笔尖汲取了一管深红的墨彩；她将我小小的心叶镌刻上千丝万缕的脉络。

仙岛樱花，开遍十里芳堤

樱花盛放之际，慕名来到无锡的鼋头渚。

郭沫若曾以“太湖佳绝处，毕竟在鼋头”的诗句赞誉它的美。蠡桥之上，听导游说范蠡和西施在太湖上泛舟的浪漫情节，看一路上粉白的花瓣如云端仙子随风徜徉，开遍十里芳堤，她们娴静自若，令数万游客流连忘返。很喜欢樱花压枝低的感觉，她们俯身而下，就快要吻到水面，拥住水中徐徐倒影。

太湖仙岛从远处看去，像是看见了海市蜃楼，茫茫的湖面上，有一条白色的雾带，晕染着群岛的“腰际”，好似处在天宫仙界一般，惊鸿一瞥。而鼋头渚风景区里的樱花谷就身处这样“仙气”缭绕的仙岛之中，于是每一朵樱花，亦如天界之物，非比寻常。

踏上了游船，在最顶层的甲板上俯瞰太湖，驶向仙岛。太湖之大，一眼望不到边，看湖浪如一尊尊不断破碎的白瓷，冲击着岸边的沙石滩。看悠远处一艘古老的帆船，平流缓进着，待回过神来，那些曾破碎的“瓷件”，早已修复成了太湖之水，飒风之下，再创微澜。太湖没有西湖那样妖娆明艳，它有着深沉的苍凉之美，浩淼之形，寂寥之意。它是宁静的，性情温润的，适合创作、遐思。

来到仙岛，在山顶上有处仿古老街，名叫“天街”，热闹非常。“天街”的背后，有座别致的院落。周边零散着一株株樱花，而只有樱花谷中的她们才生得遮天蔽日。此刻，我正欣赏仙岛的美，难忘的是游览的摘星亭，名字很好听而富有灵气。美丽廊亭的一角，和蓝天，白樱，交相映衬着。群樱烂漫，似一轴曼妙的古典画卷中的美人，香雪玉肌，阁中娉婷。

来到期盼已久的樱花谷，仰望这温柔的一树树繁樱，心情随着妩媚的花瓣一样轻柔。仰起头，漫天都是樱花，好像是连接云朵坠下的流苏，每一朵云下，都有数不尽的细碎樱花的影子。而天空用蔚蓝、明净将云樱锦织。

如果每开一朵樱花就是一个美人。那么樱花是李清照这样的美人，栖居在词阙吟诵的空气暗格中，影香缱绻在闺阁书卷之中，散发她的才情之美。行在字里行间，潜于笔墨流觞。

如果一个美人就是一朵樱花。那么张爱玲是这样的樱花，独独地缀在枝头，周围的风吹折了花梗，她仍特立的挂于栖地，撰写心香一瓣。在万千樱花的海洋中你辨别不了她，然而当盛放的花期掠过，四月了尽芳菲，衔土葬花之季，唯独她的花蕊，不曾被忘记，不被掩埋。因为她一定要立在枝头，用文字完成这朵女人花的永恒。

清明时节，雨湿花襟，片片栖落湖面，依偎着湖中倒影，找寻四月的另一个自己。来一场绵绵的斜风细雨吧，把人们把缅怀故人的心扉随着满地的樱花雨，一同织进江南祠堂的鼎鼎香炉里，和飘然仙去的追忆撞个满怀。

桂林之秋，南方最纤柔的眼睫

初秋的一个午后，微雨淌作潺潺的溪流蜿蜒幽窗，似一针一线划过窗际的流星雨。妈妈就坐在首航飞机靠窗位置，我在她的身旁，看机翼和雨珠的清浅模样。我们即将从合肥飞往桂林。当飞机在跑道上缓缓滑行，窗外的雨珠集聚缩小成袖珍的细密珠帘。

高空的云似极地冰山广袤无垠，纯白得不可触碰，仿若世界上纯度最高的尤物，一触碰就沾染了尘世的浊气。而云山又不同于冰山的冷硬，它没有棱角没有一丝脾气，是轻柔的不入世的，像被风吹起、织好的天鹅绒裙摆，开在诗人心巅的雪莲。

机翼降低些时，浮云下方的深绿远山渺小似模型，原本巍峨壮丽的山脉，此刻仿佛可被我一掌拂遍。万里白云被阳光镶上金边，穿透云层时洒下万丈光芒，盛过任何一场华美的舞榭歌台。

两个小时后，飞机落地，两江国际机场的建筑碧蓝如洗。桂林的秋晴朗如诗，置身桂林的天，像被南方姑娘温润的眸光沐浴着，舒适而温和。桂林的秋，是南方最纤柔的眼睫。

透过旅游大巴的窗外，桂林特有的奇峰罗列，翠绿屏障环城林立，孤峰、驼峰就近在眼前，与一栋栋居民楼紧挨着，像是巨人面前的一块方糖。奇特的是城与山相依相偎的山城之境，连绵起来像一张张心电图，似桂林的脉搏。

距桂林市二十五公里外的古东村蝴蝶山麓，有一处寻幽佳境——古东森林瀑布群。乘竹筏在湖中，古东森林幻作一袭翠影在湖面徐徐摇曳。到对岸时，妈妈和我决定攀爬瀑布。

第一级瀑布最难爬，一行人拽着铁链，登上飞瀑的山崖，见到壮美的瀑布，我不禁用手触摸山石，爬到高处时往下看也正攀爬着的妈妈。妈妈一直高喊："女儿！两只手抓铁链！两只手抓铁链！"我原本是一只手抓铁链的，听到妈妈关切的呼喊，两只手抓着铁链继续向上爬。

银色的瀑布像断了线的珠帘迎面四溅，我真想把它们一一串起，永远地留在我的手腕上。白瀑像是古东新娘的头纱，将山崖的面庞装点得更加神秘唯美。

一处瀑布紧挨着湖泊，旁边有座天然的观音像，观音菩萨静坐在湖的对岸，让人肃穆起敬。人们坐上岸边的石椅，双手合十，颌首闭目，虔心为家人祈福。祈福时感到世界非常安宁，菩萨给人一种心有归属的气场，所以什么都不怕了。

穿山岩，被誉为桂林山水的眼睛。进入这经亿万年演变而来的水晶溶洞，寒凉之气扑面而来，大自然的鬼斧神工在这里精彩上演。钟乳石上长出的一簇簇晶莹剔透的"白莲"，经过至少三万年的天翻地覆，才能开出这样冰清玉洁的"石花"。

一九八六版电视剧《西游记》剧组曾在这里取景，"水帘洞"里的石柱和石树盘绕在洞穴周围，同洞里的一泓清水形成神奇的三叠洞，犹如神仙洞府，世外桃源。

乘船游览漓江两岸的山水，连绵的山脉似走出了画卷，妈妈和我穿上了苗族的服饰，头戴华美的银饰，背上竹篓，在竹筏上撑一枝长蒿，蹲在江边掬一捧清凌凌的漓江水，在漓江初岸感受桂林碧螺绸缎一般的山山水水。

当穿着蓑衣头戴斗笠的渔夫们带着鱼鹰"晨起"，在薄薄雾霭中撒网捕鱼时，漓江的橘色渔火也似星星点亮了湖面，十二座山峰就像这江中渔火的灯塔，静静地守护着，安然地凝视着碧波万顷的漓江。

白露时节，云淡风轻。天籁蝴蝶泉旁的荷花塘里，万朵亭亭的粉荷，一望无际的荷叶、翠嫩的莲蓬，还有四周绵延的桂林山脉，彩虹色的氢气球，顿生误入仙境的错觉，让人流连忘返。

我用手指轻轻摩挲一片荷花的花瓣，她的质地柔软而有质感，散发着淡淡的舒香，心想，如果用它来做纸张写诗，一定是最沁人心脾、最激发灵感的荷纸，只是不便这样摧残这么美的生命。

初秋的荷花有些凋谢了，露出金黄色的莲蓬，金色的花蕊垂落在莲蓬上，像睡梦中仙子的额发。偶现斑驳的擎雨荷叶，消瘦的枝干似鹤骨，它们的灵魂里仿佛住着一位通体注满香水的老妇，她已饱受人间沧桑，簌簌荷蕊在她眼前飘摇，风舞婆娑，回首往事。她不曾虚度芳华，即使行将就木，也极力向世界挥发最后一滴芬芳。

不似山水落人间，疑是仙境入画中。当旅游大巴缓缓地开出桂林市时，那些熟悉的山景如渐渐衰弱的心电图，即将从眼前流逝，化作一道地平线，不免触发了离别的感伤。

桂林的初秋，凉蕴、清香，像桂林的桂花蜜，品之如饴。桂林的初秋，万山红叶还没染遍枝头，翠叶还只有丝丝缕缕的鹅黄，但桂林的山水，早已挥毫泼墨，染遍了我们记忆的白宣。

初见尾沙坝

每一座城市都有属于她的尾沙坝，这里遗弃了矿厂里选矿遗留的矿渣，而形成一道道特别的风景。很早就听说滁州有一条“养在深闺人未识”的幽径，通往铜矿尾沙坝。

寻寻觅觅，来到铜矿，开阔的草地进入视野，和暖的阳光洒在肩膀。俯瞰坝下的风景，修长的树影，淡淡的蓝天，这里就是尾沙坝吗？

记得尾沙坝是有一片芦苇荡的，再前进，还有更美的风景，何不继续沿路寻觅？

走下高高的坝梗，便被这处“桃源”深深吸引住了，脚下的沙在阳光的反射下亮晶晶的，像数不清的星星闪耀着。芦苇的种子，依然白蒙蒙的，摇晃在柔软的空气里，和人共呼吸，同驻足。看远山，瞧近水，仰望大雁成一字型排开，听矿山把远处的话语打包成悠远的回音，在耳畔回响。

一根纤细的碧草，植根在沙漠似的泥土里，和不远处的枯黄一片相应。无论季节怎样轮回，它还是要站在梦中的春天里守望。因为有梦，它不再孑然一身，无所依倚。

尾沙坝上，留下很多脚印，每一步都是人们踏过的印记，前方是一湾碧波湖水，水岸通向“四时之景不同”的琅琊盛景。

看着越临近水就越深的脚印，我也试图向前，沙土越来越松软了，鞋边汲出了水，便收回脚步，只望着层层涟漪假装走向陆地，却又不时回溯原地，风越大，它们的皱纹越深，步履反倒矫健起来。

静水深流，人也是如此。君子的外表如水，淡泊宁静，心胸中自有万千丘壑。

临走前，不舍离开这里。拿起沙面上的一根树枝，在沙地上画起了涂鸦。沙子有些硬，所以要下点儿力气，地面这块画布太宽，更多的是凭感觉勾勒。

时间过得太快，还来不及沉浸在尾沙坝的美好静谧里，就得挥手向它告别。见到了久违的晚霞，她带着往日一样的羞涩，拉下白日这盏天灯。

尾沙坝开始暗了，却一直通明在我的记忆中。

明中都鼓楼记

濠州大地，惠风和畅，朝晖洒金。庄惠游于濠梁，观濠水之秋，作“子非鱼，安知鱼之乐”之辩。濠州位于凤凰山的南面，山之南为阳，所以明太祖朱元璋以丹凤朝阳之意，赐家乡名凤阳。

初冬暖阳之日，到访帝王之乡凤阳，穿过花布郎街熙熙攘攘的人群，一座崇台巍峨、殿阁煌煌的古建筑赫然屹立眼前，雄浑庄严，历经物换星移、时代更替，从六百年前的大明王朝穿越而来。

它几经沧桑，屡废屡建，如今依旧“巍乎翼然，琼绝尘埃”。侧耳倾听，仿佛听得到它晨钟暮鼓的余音，在耳畔荡气回肠，百年不绝。

这便是位于凤阳城中央的明中都鼓楼，它是全国最高最壮观的鼓楼。你听，“咚！”这一声响彻天宇、铿锵有力的穹音，横贯整个中都紫禁城的成千上万只耳宇。它兢兢业业，以赤诚之心、焚膏继晷地为皇家报时，不舍昼夜。

日晷、香篆钟、大明殿灯漏、五轮沙漏是历朝历代各具风格的计时工具，它们是婉约的明诗“忽见西楼花影露，弄晴催薄暮”，中都鼓楼则像壮志难酬的豪放诗篇“无限河山泪，谁言天地宽”。

中都鼓楼由台基和楼宇两部分组成，据《凤阳新书》载：“筑台，下开三券，上有楼九间，层檐三覆，栋宇百尺，巍乎翼然，琼绝尘埃。”可以想象洪武年间的鼓楼是何等宏伟壮观，惊鸿一瞥。为何取名为中都呢？南有南京故宫，北有北京故宫，两京之间，取名为中都城。

鼓楼大多是南北向，而凤阳鼓楼则是东西向，与西南六里之外的钟楼遥遥相望于中都城中轴线的两侧。白玉门额上，朱元璋御笔亲书的“万世根本”四个楷书大字，如龙飞腾，似凤飞舞，悬若日月。它所蕴含的历史密码至今未解开，为中都鼓楼蒙上了一层神秘色彩。

四百年前，中华狼烟四起，历史轮回到乱世，农民起义军烧毁了鼓楼台基上的阁楼，唯秦砖汉瓦留存。大清咸丰年间，楼宇再毁于烽火硝烟。断壁残垣下，汉白玉雕刻的中都城石雕，轻轻碰触，好像碎落成一瓣瓣雪花，随历史的风云变幻飘摇不定。

鼓楼上的灰筒瓦，三重檐，不知流淌过多少场腥风血雨，鼓楼间的木构梁柱，花格挂落，不知历经过多少次地动山摇。月下独上西楼，宽大的台面，如钩的弦月，让人步履铿锵，流连不已。

鼓楼那苍劲的颜色，似凛冽寒风下的绝壁松柏，不屈于命运的腰斩。斗栱上的翼型栱，像官员头上的乌纱帽沿，每每要扶正了，一日三省。栱眼壁间镌刻着似吐幽兰之气的镂空花草图景，寓意大明王朝繁花似锦，香远益清。

1998 年，凤阳县旅游局重修了明中都鼓楼，台基上的楼宇按旧制重新恢复，再现当年“谯楼归市”的盛况。鼓楼上的一副横匾由顾毓秀题字：“朱元璋展览馆”。迎门处元璋坐像，天姿威仪，难以想象他不是出身皇家的贵子，而有着饱经磨难的童年。馆内还展有《明凤阳府全图》和《大明疆域图》，凤阳府之大，足有大半个安徽的面积。

门前廊道间，有数面凤阳大鼓，其上灵动的红凤凰图案，出自非遗传承人张维武之手。为了传承非遗“凤阳凤画”，多年来，他义务教授数百名学生学会凤画，还在众多学校免费举办上百场凤画讲座，传授凤画知识和画法，锲而不舍，令人钦佩。

而今，鼓楼台基因年久失修，出现砖石风化后掉落的现象，却不影响游人徜徉其中，品味大明文化的盎然兴致。台基正中间开三个门洞，中门略大，置身门洞，仿佛穿越时光隧道，亲眼目睹洪武盛世的民康物阜、安居乐业。

层层叠叠的转角飞檐，补间斗栱，老角梁，还有廊道顶的秀巧月梁，无不彰显古人智慧，险寸之间步步生莲，打开尘封历史的锁钥。鼓楼上还探出一抹抹新绿，从石缝中挤出脑袋，倔强生长。

漫步鼓楼，忆古思今，看古城旗帜迎风招展，听同行的友人倾心交谈。恍然间时光倒流，将我变成了鼓楼台基的一块旧石砖，不知不觉已承重了数百年，而后化为一叶扁舟，徜徉在明史的长河中，末了成为一位丝鬓如银的苍髯老者，陪同中都鼓楼傲然矗立于天地之间，阅尽人世风云变幻。

幽幽菊香漫亭城

入秋，微凉，百花殆尽，月色清寒。菊花抒就的锦字香笺独盈枝头。取下其中一片枝叶，见苏轼诗吟：“轻肌弱骨散幽葩，更将金蕊泛流霞。”

伴着金秋的凉意，慕名来到滁州菊花博览园，三百余亩菊花在博览园中竞相绽放。广袤的菊之田园中，五彩缤纷的雨花系列、金陵系列、秦淮系列等菊花品种，密密匝匝地缀满了花蕾，让游客和市民们目不暇接、花香染衣。

眼前花团锦簇，蝶舞蜂飞。纯白、柔紫、嫩红、绿墨、泥金、雪青之色的菊花一丛丛怒放着，如志士隐守田园。自在地徜徉于花海，感受幽幽菊香漫过熙熙攘攘的人群，浸染亭城的浓浓秋意。

陶渊明因隐逸乡间而“采菊东篱下”，与菊相伴，成为爱菊的始祖。而菊花，并非华而不实的乡野之花。作为功能性菊花研发基地，菊花博览园里种植着数百个品种的可供药用、食用、茶用的功能性菊花。古人称菊花为“延寿客”，因为它有延年益寿之效，是常用的中药，可饮，能食。滁菊，便以药味最浓、药效最佳被尊为“四大名菊之首”。野菊花的嫩枝嫩叶掐下来煮成汤，吃了可以清热去火，味道微苦清香，品完唇齿留香，回味无穷。

恬淡的午后，端一杯菊茶，细细品咂，幽微、清雅，余韵不绝。如人生至味，淡泊空灵，超然沉淀。

菊花博览园不仅是游人观赏菊花圣地，还是学习菊花科普知识的学堂，了解到菊花的分布与起源，菊花的功效与作用，菊花的生长条件，国内外的菊花品种与分类，历代名家画菊花等知识。

通过了解“花中君子”菊花的心性，我们也可以对照自己的人生。是否像它一样，可以内外兼修，清心寡欲，不盲从，不畏缩，一扫百花开尽后的萧索和寂寥？

即使天气入寒，万物落尽，唯有菊花醒目依旧，仙风道骨，气韵翩然。人，不也正需要菊花的精神吗？

在物欲横流、快餐生活的现代，我们需“一瓣芳心开淡薄”的信念，不骄不躁，潜心钻研属于我们自己的领域。这也正是“滁菊”作为滁州市花所蕴含的精神。滁菊素有“金心玉瓣，翠蒂天香”之美誉。人淡如菊，带着一颗赤诚的真心，高洁如玉的秉性，才能散发出属于自己灵魂的香气。

金菊威武，“冲天香阵透长安，满城尽带黄金甲”是黄巢等待时机，改天换地的英雄气魄。白菊疏朗，明代三大才子之一的徐文长善于写意画菊，使其清纯、冷峻、野逸之气达到极致。粉菊坚韧，沟坎荒地，山坡篱间，无论在多贫瘠的地方，她都能安身立命，花开遍野。青菊从容，她有着执着的生命力，瘦瘦的枝条散发出众多细小的碧叶，开出一簇一垄的清幽。

狂风一吹，秋就落进了亭城的眼眸里，花惊满路。秋菊纤瘦，而傲骨铮铮，似亭城的瞳仁。细细观赏，满园彩菊，含珠裹露，疑是秋雨空濛掠过。菊花的花瓣似舌，吐露馨香，馥郁迸发。

此刻，一闭上眼睛，就看到无边无际的野菊花布满上学的小路。她们之间的密语是透风的，连绵拣过乡野的整片土壤。

细长的如匙花瓣簇拥着花心，花与叶相印相衬，从不分开。菊花随风舞动或和鸣，把一缕缕秋思挥洒在淡蓝天幕之下的晚风里。

那些菊花也沿着城市起伏的山路，长成了无穷无尽的回忆。园中有被种下的她们，更多的是隐匿在山麓缝隙中她们的身影，散落在家乡的各个角落。

不知不觉，秋意正浓，幽幽菊香弥漫亭城。菊花似乎吞噬了天地，天空也好像栽满了菊花，散发着多彩缤纷的浪漫。

漫步在一行行洒满菊香的阡陌上，看周围静谧、纯净的色彩，褪去了白昼的喧嚣。

若你是漂泊在外的游子，家中操劳的父母，正温一杯清香的菊茶，等你寻香归来。

若你身在家中，常守护于亲人身旁，那么每逢秋高气爽，携同他们一起看看外面的风景。只要心是暖的，无论在哪里，都会遇到美好或生动的景致。

让菊园成为人们的梦中写意，淡淡青墨印在潺潺心涧。

田野里飘摇着紫色发梢

连绵数月阴雨的滁城，忽然间金色开遍，久未放晴的天空，暖阳肆意。

这座山水醉城，拥着城市化的灯红酒绿、车水马龙，终抵挡不住它最深的潜意识里，吸引人去追随它亲近自然、抛开繁芜城事，恬静安憩的原貌。

在滁州市城郊乡附近的一隅，寸地尺天盛放秋花，郁郁苍苍。当蓝紫的薰衣草、玫红的千日红、粉白的莲花、青碧的荷叶，还有远山近水，羊肠小径邂逅风和日丽的晴空时，瞬间让人遗忘所有烦心事。

满目的薰衣草帷幔一样挂在眼帘，它们仿佛幽紫的火焰燃在瞳仁映照的整座山岗，迷人心田。

朵朵白云依顺着和煦微风在蓝天里散心，辽阔无际。田野里紫发轻摇，那会是多少根馥郁丛生，丝丝轻扬？

千日红中间开出白色的星星点点的小花，围绕在热烈的玫红花瓣里，好像白色的花环箍在额前，走向圣洁的殿堂。

在开满薰衣草和千日红的花田旁，两池荷塘间隔岸茫遥相守望，塘边莲蓬青青，是一颗一颗的莲花裸露的心房。她们追随着深秋的午后骄阳，掏出真挚、温馨、自由。

在短暂的乡行里，偶遇三对新人在这里拍摄婚纱照。洁白的婚纱配着柔和紫花，相片之画被自然调色，象征爱情的音符在钢琴键里清澈奏响。

眼前这片跟随山峦青田起伏蓝紫色海洋的薰衣草，好像是田园的长发，她的发梢处、耳际旁，被诉说了无法抹去的爱之谜语。

踏入丛生紫发一样的薰衣草田，闻乡间花香缕缕，轻烟袅袅，跟随风车远行。

偶尔抛却忙碌的生活，去到乡间置空自己，或能启发生活，让时间紧迫的城市工作者更从容地面对一切。人是有能动性的，在有限的岁月，可以活出无限的人生。心系万千，绑缚身体，锁于潇桥，愁心几许。偶尔逃离，置换天地，挣脱枷锁，片刻簇新。

青春时光，总在卒卒鲜暇的城市劳动中悄然流逝，直到年华垂暮、白发苍苍。回首过去，如果曾有一处盛开在心田的闲适记忆，也许温暖着告别，微笑着告诉自己，曾有那样的地方，因来时心境美好而宽广无垠。

第三章

不忘却路过我们生命站台的人

尘起埃落的流年

春

春，柔紫的琉璃玉蓟凸出泥土的摇曳身姿，被采药人拦腰截断，放入竹筒背篓底，秋时，再采根。此时，尘埃四起，土与土分离。

你似尘埃，有你，察觉不出你的存在。待你不见了，才知道你就是脚下的土地，是地球上舀地域海水的水漂，是滋养生命的细胞。

爱玲写道：“遇见你我变得很低很低，一直低到尘埃里去，但我的心是欢喜的。并且在那里开出一朵花来。”可是终究换来了对方的背叛。

生命中的春天是轮回着的，年轮始终转动着朝圣经筒，就算输了一切，也要不输掉微笑。

世故之后的才女唯有选择重启心门，这些伤心的事情始终掩盖不了这天才的句子，它用得如此巧妙，叫人心怜。欣赏这样的比喻，联想到郭敬明将人与人之间碰撞的目光比作“一羽淬毒的孔雀翎”，还有谢道韫将纷纷白雪比作“未若柳絮因风起”。

窗

夜空含着半明半昧的星，喃喃的诉说。

一枚黑羽毛顺着风舵手，偷偷来往你的窗。

飘，飘着绒绒的轻柔，挠在雪肌之央。

你起身，跟着纤羽悬浮，飘出窗媚边镂刻有彩绘莲的卧棂窗。月，眯缝着，似猫眼。

渐渐的，羽毛飘过一隅桃林深处，粉红的花瓣纷纷扬扬的坠下，在湖面汇成了天然香汤，你顺着它的行迹跟了上去，喏，几只黑天鹅，在水镜上慵懒浮漾。你，不睬，背过身去，在空中寻片五彩祥云，卧在它的怀抱，流转的目光俯瞰水镜上的尤物。

忽而，水镜倾倒迸裂，天空和大地调换了位置似地，将地面上的湖泊泼了出来，降临，印着原本晴朗的天空，化为蓝色的雨。这雨滴滴答答，在潮湿的空气中变幻绚烂，遇到青葱藤蔓变成玉绿色，遇见人的指，人的唇，化作肉色，遇上空气如琥珀般透明，换装比变色龙还勤。而时间沙漏将它们筛成细雨渺渺。

晴空了，风烟俱静。你早从云朵上跌落，来到灌木丛，在硕大的龙血树冠下遮挡密织的彩雨线。少时，天鹅们展翅追逐，飞向更高的虹桥。

你飘回自己的窗，若问如何归来，只是架着一片祥云再度安眠。请你告诉世界，为何我们都要化在那不起眼的尘埃里无影无踪了去？多想在完结生命之际，凝结在唯美的湖泊中，保持生动的容颜，光华永不褪却，抵御那死一般的静籁。让长发化为流动的水藻，别叫土壤中的虫啮噬了它曾经的光泽，会不会有这样异想天开的可能？

一扇静伫的窗台被斑姬啄木鸟卖力敲打，你仍在半空中悬浮，悬浮在幽黯重重的梦里吗？

茧

不起眼的低低的尘埃，为何人们都无视你，最终却要归于你的怀抱？悬在枝桠上倒挂的一枚老茧，也终会脱丝，摇摇欲坠的跌入你的身体，被层层尘埃掩埋、重生吗？

竟不全然如此，咬破茧的那只虫，在白丝中惊艳亮出淡青色的光辉，凌空成蝶。这就是大自然的造化吧，却始终无法无视尘埃的存在。

流年时光，纵然做过再过不羁的美梦，尘埃落定之时，笑待尘起埃落的尘世幻想。

“爱是天时地利的迷信，原来你也在这里。”歌词有时胜似诗句，它受众广，除了拥有文学内涵，还被赋予了音乐生命。

原来，心语的化石——文学，也可以这样破茧成蝶，涉及音乐、美术、书法……

梅

你低眉，拂去肩上的雪尘，融化的冰粒，泪打冷霜。

而玉环取代了你徐徐清影的光华，一时间，众人遗忘了这个执爱梅花的你，瘦弱的身在冷宫疲惫，娇喘微弱的气息，在偌大的宫门徘徊张望，蛛丝也那么无情，这柔韧枷锁封杀了多少回孤孤单单的等待，那月竟也满了若干次，可心是盈缺未定的。

没人会再想起送来一捧红梅，置于你梳妆的铜镜台前，让梅香浸染曾门庭若市的宫寝，无乐府伴你翩翩的惊鸿舞，唯闻哒哒的马蹄奔走舞尘，争相进献荔枝而已。皇宫里，一个女人的得宠，也意味着另一个的落寞，尘起，埃落。

受冷后的梅妃采萍写道：君情缱绻，深叙绸缪。誓山海而常在，似日月而无休。奈何嫉色庸庸，妒气冲冲，夺我之爱幸，斥我于幽宫。思旧欢之莫得，想梦著乎朦胧。度花朝与月夕，羞懒对乎春风。

后人曾据古籍史料画了一幅白描，是穿着白绒大氅的梅妃，倚在梅林之央的石凳上，手拈一枝雪梅，嗅在面容跟前，那样的痴醉、沉静。

似水流年，带走了音容笑貌，可才气逼人的你，终究，还是成为后人永久的怀念。每个人都有他无与伦比的美丽。

秋赴春宴

周六一大早我便醒了，从小书柜摸来一本安妮宝贝的《春宴》。我突然渴望她所描绘的生活——虽然置身貌似喧杂沸腾的时代，我是职业作者，却在一段时间里完全失去方向。

我被六个字触动："我是职业作者。"选择性遗忘了其他文字中的灰调。这六个字是多么幸福的字眼。用文字来养自己的时间，是多么幸福的事情啊。在这个社会里有很多要为别人写的东西，那不是你的文字。为自己的心灵而活，才是愉快而美好的事物。

现在的我几乎是拿笔就写字，一个一个的字，好像不停流走的时间，好像秋风扫落叶，不停堆积。我漫无目的，忠于自己。放任自流地随墨迹游走，它们是横行的螃蟹，它们是一群黑蚂蚁，乖巧的列队。工作时，是为他人而写，记日记时，独处时，是为自己而写。这时文字才纯粹得如清潭潋滟，镜湖澄澈。这是自由、放松，不再头脑紧锁的安逸状态。也许，人们喜欢写作的原因，正是因为它能使焦虑之人平静，使暴躁之人冷静，使嘈杂之人宁静。

我遗憾，遗憾很多人爱文学却坚持不下来，经不住时光、岁月的考量。我也痛心，痛心很多人喜欢写作，口口声声说爱，却不愿把主要精力献给她，说写作仅仅是爱好。爱好，不能当饭吃，要有物质基础，才能在闲暇时间写文字。

她是一个文字极好的人，她如是说。我心凉，原本以为，找到了知音。可是我只是扑了一场空。文字只是她生活咖啡中的伴侣、调味品。多希望她能把自己全部能力发挥到极致，不浪费才华。

文字是圣洁物，是空灵体。它承载着心灵的历程。

为写而写。这是作家通病。

托尔斯泰说："写作的职业化是文学堕落的主要原因。"当代著名哲学家、作家周国平说："真文学是非职业的。"

如果非要职业化。文字倒可以分为两部分：为生存而写，为自己而写。两者劈开来生活倒也可行，但是不能没有自己的文字。

每个人的追求都不同。单纯些，再单纯些。让心灵像山巅上落下的初雪，窥探世界而宁静致远，不落痕迹。

安妮宝贝写道："有三年时间我无法写作。无法在电脑里打出完整的一行字。远离人群，也几近被世间遗忘。"

读到这里，我为安妮宝贝曾经的痛苦而哀婉。有这样一群人，他们一生注定要和文字相依，用文字观看这个世界每个角落里那些孤苦伶仃的精神流浪者，把他们聚集在文中，替代他们的心，把自己的心和血、泪与汗置换给他们，如一个垂死的世界被拯救，做了换心手术。

我仿佛见到了眉如墨画、面若秋雨的贾宝玉，他举止乖张地跳跃到食不果腹、穷困潦倒的曹雪芹面前说："请给我一段文字，它能养大我，用你的文字造心、造情，造我的鹰膀褂，让我居住在人们的心里，让我来为你向天公呐喊。”

曹雪芹转过身去，声泪俱下，被皇族宠信又连连抄家，落魄至此，诉求无门，唯有文字能阐述。他仿佛对贾宝玉说：“我早已将你的形象埋在心坛，现在是时候挖出你的模样了。打开坛盖，你会行云流水般地附在我的文字里。我是精神分裂者，要做文字的戏角，我的手指要捏笔，也捏住每一个角色。我是他们，他们是我，我不知自己，究竟是谁。我紧紧地捏住这群故事中的人，攥出血来、攥出骨来，直到他们中的每一个，都如亡命徒从我手我笔中挣扎不去，跃然纸上，向我的书桢叩首，或反抗我、为我布置的结局放肆冷笑。”

看到一句：“埋头于一堆古书之中，都是死去的人留下的文字。”

尽管，这是现实，图书馆里图书的作者大都已故。

可它们是唯一不令人心生寒噤的遗物。

书，捧在手心里。读者，边踱边看，疾风劲走，奏响了徐徐的翻页声。作者，早已沉寂在深深的泥土里，不得呼吸。

文字是书的细胞。书是一本活生物。

作者在世时，以文字赋予心。那些文字生命不息、千载长留之时，它们把心寄还给了作者，惺惺相惜。生成超越物种、时空的默契。作者的脉象千百年后依然“平稳”。

我想，像这样以心换书的作者，都可以尊称为“作家”。

秋赴春宴，枯叶褪返了一片妖娆青色。

手术后的“红苹果”妈妈

上个月，妈妈在鼓楼医院做手术，爸爸租了一张小椅子，每夜睡在床位旁的墙角里，没日没夜地照顾她。我则负责照顾奶奶的饮食。

下了班，去医院看望妈妈的时候，她已做完手术，只见她面色苍白，嘴唇也没有血色，我看了很心疼。她躺在病床上，不能说话，也不能动，被子染上了她的血，手上扎着针，下身插着导尿管。床边有一个慢慢渗着血的血袋，那是手术后伤口里淌出的。医生说她这几天不可以吃东西，也不能喝水，只能靠输营养液躺着。

外婆、外公、舅舅，他们都心疼她，一大早就在手术室外焦急地等着，早上八点到下午一点，这漫长的五个小时，让全家人的心都紧紧地揪在一起。出了手术室的时候，医生给爸爸看了从妈妈身体上取出的三斤重的囊肿。医生说它正在恶化，但是还没有恶化成功，是良性的，手术若是再晚一点，就危险了。我们都为妈妈捏一把汗。

第二天来看妈妈的时候，她的脸色白中带些微红，我发现了这一变化。她可以轻轻地说两句话了，每次喊我都喊宝贝，从小喊到大。但这时候说话很费力气，需要用力才能说出几个字，就没跟我多说话，她需要爸爸无时无刻地照顾，帮她翻翻身子，因为长期卧床也是不舒服的。妈妈的嘴唇很干，快起皮了，都是爸爸拿棉签沾沾热水，然后涂在妈妈的唇上，润一润。

第三天来到医院，我带来了蔷薇花给妈妈，我说蔷薇的花语是坚强的意思，它会祝福你坚强，挺过难关。我把一束扎好的玫红色蔷薇一支支散开，插在花瓶里，然后摆在妈妈病床的床头。妈妈说："身边有点绿色就是不一样。"她说这句话的时候是笑着对我和爸爸说的。我们看着她的笑脸，脸上的红晕比昨天更大的那一刻，觉得特别的幸福。

第四天，妈妈觉得好饿，但是医生说只有"通气"了才能吃东西，可以喝一点点水。我想喂妈妈，她心疼我，让爸爸来喂。爸爸把热水倒在水杯里，然后一小勺一小勺地喂她喝水。我可以看见她的额头上已有些颜色，不再惨白了，面色也好多了，心里很高兴。妈妈问："我的脸红不红？"我回答比昨天又红润些，好看。爸爸说就像红苹果。妈妈笑得不亦乐乎。

就这样到了手术后的第七天，这是妈妈出院的前一天，爸爸去送奶奶回老家。我这天休假，负责照顾妈妈。妈妈这几天可以吃点东西了，而爸爸这些日子非常辛苦，白天要往返于单位和医院之间好几次，瘦了很多。

这些天看望妈妈的人不少，水果篮、鲜花、补品堆在她的病床对面。我们都鼓励她，手术成功了，以后就会健康了。

突然回忆起我跟妈妈去看电影《催眠大师》的时候，我们还没看完电影，她的肚子就很痛，且无法坚持了，我们只好中途离开了电影院。回想起来，如果及早治疗，便不会耽误病情，延误成一场大手术了。

现在妈妈正日渐康复，希望她能完全好起来，每天都面色红润，健康快乐，如爸爸说的"红苹果"一样。

与“欧阳修”相遇

如果说“六朝古都”是南京的关键词，那么，“亭文天下”必为滁城的关键词。当听闻欧阳修的千年奇文《醉翁亭记》被作家李国彬搬上荧屏，拍摄成电影，且在琅琊山风景区取景拍摄时，身为一名土生土长的滁州人，幸福感和自豪感油然而生。

侧倚亭栏探清秋，数垄麦田翻金浪，万丛秋萤映星河。在这金秋时节，我独身来到琅琊山中。

一场雾雨刚幸会已焦灼了一夏的亭城，琅琊也雨露沾身，婷婷莲蓬等不及同秋日私语。

同乐坊一带的树腰间无尽的黄白花瓣，被秋雨打湿遍地，视野从迷蒙崎路蔓延至琅琊远岫，似翻越了一帧帧年代久远而卷帙浩繁的泛黄古籍。

电影开场就以特写表现欧阳修弹琴抚弦的诗情，好一幅“柔风轻弹醉翁弦，骤雨重奏山水乐”的画意。

偶遇摄制组拍摄欧阳修等人为百姓写对联的场景。在欧阳修纪念馆时，演员和工作人员们正在午休。一位古装扮相的“古人”向游客们穿越而来，不一会儿又走来几位身配佩刀的衙差。

我好奇地向纪念馆里走去，首先映入眼帘的是一位“笔替”在道具——古代信纸上，书写竖行的书法文字，笔力娟秀，长廊上铺满了土黄色古风信纸。“笔替”同“武替”一样，是替身，不露脸，是电影拍摄的一种手法，他们不上镜，只在幕后默默地耕耘，而我也同样钦佩他们的工作精神。

演员扮相出来的欧阳修很有精气神，浑身散发举世无双的才气。恍惚间产生荒唐错觉，以为自己看到了真正的欧阳修。一直以来都在与他的文章对话，却从未有幸目睹这位一代文宗的真身。

他到底是一位什么模样的人呢？看着眼前正忙碌着演绎大文豪的演员，有了梦回宋朝的幻想。作家雪小禅曾说，如果能够回到古代，想辛弃疾做邻居。我的愿望更为简单，只想目睹一眼这位大家的风采。

如果我可以穿越到古代，希望能在山水清音的琅琊山内，与欧阳修蓦然相遇。向他取经写作的真意，和他探讨当下的时局，听他说说自己的所闻所感，看他如何亲手栽种至今繁茂馨香的欧梅，怎样抚过琅琊的山山水水，留下珍奇碑拓。再或者，想亲眼瞧他如何写出传诵千古的名文《醉翁亭记》。

见证三十年书香变迁

她，平凡而素净，亲切而温暖。身为金寨人，在“红军摇篮，将军故乡”的著名革命老区金寨，和图书结下不解之缘。她说：“为人找书，为书找人。爱惜每一本书，热心接待每一位读者。”

平平淡淡的书香时光，背后见证了一个时代斗转星移的变迁。金寨县图书馆从三十年前的几间陈旧平房，到如今的总面积六千五百平方米；从馆藏纸质图书不足三万册的书籍，到三十万余册、电子图书五十多万册，像一只光明女神蝶，实现了惊鸿一瞥的华丽蜕变。金寨县图书馆馆员何梅，见证了这三十年来翻天覆地的喜人变化。她平易近人的微笑、细心与爱心交融的举止，就像人们打开一本喜爱之书时流露的欣然。

何梅于一九六六年出生于一个书香家庭，父亲在文化局工作，母亲是教师，年轻的她面对工作时，选择了图书馆事业。三十年后的今天，她依然动情地说：“我热爱我的工作，如果人生能够重来，让我再选一次，我还选择做图书馆馆员”。

金寨县图书馆的前身是一九五一年金寨县文化馆内设的阅览室。一九八七年，二十一岁的何梅第一次走进金寨县图书馆，她不敢相信，这里就是金寨的“知识殿堂”：图书不过三万，阅览桌仅仅四张，书架、期刊排放刚刚十列，馆舍也就是几间陈旧的平房。她在不解中走上了图书馆员的工作岗位，有过痛苦，也有过彷徨，条件虽然艰苦，但她看到了老馆员们勤勤恳恳地工作，读者们如饥似渴读书的动人景象，坚定了一生从事图书馆员职业的信念。

一九九一年夏，金寨县遭遇特大洪灾，疯狂的暴雨，让梅山水库史无前例地大流量泄洪长达四十八小时。图书馆的一部分藏书因被淹而受损，金寨县图书馆全体人员没有因此而气馁，积极争取到联合国儿童基金会、宋庆龄基金会的“儿童流动图书馆”项目支持，也得到了中国台湾道生基金会的慷慨解囊。在众志成城的集体努力下终于渡过难关。

在二十一世纪九十年代初，县图书馆有过多年没有采购新书的尴尬，有过发不出工资的窘状，便“以文补文”搞创收，利用寒暑假时间开培训班，有作文、英语、交谊舞等门类。成立复印部门，为读者提供复印文件服务，收取读者微薄的借书租金。何梅很能吃苦，和同事们在街面上搭建十几平方的简易租书亭，从不叫苦叫累。何梅和同事一起去偏远山区里送书，山区的条件很艰苦，孩子们看到丰富多彩的书籍，别提有多开心了。当她看到孩子们纯真的笑脸，顿时所有的疲惫都消散了。

在八九十年代，没有电脑设备，图书都需要图书馆员自己手工编目，一张张手写卡见证了每一本书漂流的生命轨迹。尽管它们辗转过很多“主人”，仍有一个大家庭一直在等待它们的归来，这个温暖的家就是金寨县图书馆。每张手写卡片上，都写有读者借书、还书日期，作为存根，在馆员处保存，以防图书流失。

时光流转，科技日新月异，二〇一一年金寨县文化中心建成，图书馆搬迁到新馆，引进了流通管理系统，何梅坐在电脑办公桌前，输入关键词，就可以检索到每本书的位置。而在过去，她需要到有着大量藏书的目录柜中寻找，非常麻烦。

在九十年代，金寨县医院有位姓林的医生，已经七十多岁了，戴着一副老花镜，每天下午准时到图书馆看报纸，尤其喜欢看《人民日报》，还带着小本子，边看边写，密密麻麻地写满了笔记。

何梅见他年纪大了，给他倒一杯水，帮他放好椅子，方便他读报学习。他住的地方离图书馆很近，每天都自己回家。就这样风风雨雨、准时准点地来读报多年。

有一天下午，何梅发现林医生的座位空着，心想，可能他是有事情了。又过了几天，一直不见林医生的身影，何梅紧张起来，可又没有他的电话，无法联系。

偶然的一天，何梅路过县医院，看到了林医生的讣告，才得知他去世了，而且意外地从讣告上知道，其实他患白血病有很多年了。

何梅被这位林医生深深感动，泪湿眼眶。这位老医生，在临终前几天还到图书馆看报，对于阅读有着超越生命的信仰，还用顽强的意志力和病魔抗争。何梅曾写下这个故事，并取名为《永远的读者》。

阿根廷诗人博尔赫斯说过："天堂，应该是图书馆的模样。"相信这位永远的读者，可以在天堂永生。

还有一位让何梅印象深刻的读者，也是九十年代时，一位从县人大退休的老干部，八十多岁了，几乎天天来图书馆看报。他眼睛远视，总是伸长胳膊，把报纸拿到离自己很远的地方看，姿势很奇特。每看一会儿，就伏在桌上眯一下。

有一次，他睡着了，差点从椅子上摔下来，吓得何梅和其他馆员心里一惊，赶紧把他扶起来。从那以后，何梅特别注意这位老人，时常会提醒他，注意不要睡着了。他特别关注时政，常常跟馆员们讲国际形势，何梅不太关注这个，但仍认真地听他说。耄耋之年依然口若悬河，可以想象他当年的风采。他的身体不太好，何梅扶着他一步步迈上二楼的图书馆。

还有一位最年长的读者，他有九十二岁的高龄了。二〇一七年夏来到金寨县图书馆，他喜欢阅读古籍名著，如《喻世明言》《儒林外史》《初刻拍案惊奇》。何梅担心他的身体，细心地问他要电话，以防他身体出现状况。他的听力不太好，何梅问了多次电话他也没有听清楚，后来他留下一张名片。通过这张名片，何梅了解到他的儿子和儿媳妇在金寨开了一家油坊。有一次下了暴雨，雨水哗哗地在图书馆外奏乐，打扰了图书馆的安静，老人拄着拐杖，眉头微锁，望向窗外。何梅拿出了名片，给老人的儿子打了电话。老人的儿子和儿媳妇急忙赶来，对她表达真诚的感谢后，将老人安全接回家中。

有一天，老人依依不舍地对何梅说：“这是我最后一次来图书馆看书了。”何梅不解地问道：“您是有什么事，所以不能来了吗？”老人说要去小儿子家过了。何梅才了解，他是轮流到子女家生活的，现在他要离开金寨了，图书馆是他最不舍的记忆，离开这里，他要郑重的告别——多么爱书的老人啊。

二〇一二年，国家财政拨款的支持，让金寨县图书馆一次性采购了十万册书籍，何梅对当时的情景还记忆尤深。一辆十几米长的大货车，塞得满满的，全是图书。他们雇人把书搬运下来，图书馆的楼道里一时间“门庭若市”，全都堆满了书籍。

这些书籍好像金光闪闪的，给金寨的文化发展带来了阳光。这是金寨人民的精神盛宴，金寨县图书馆的每一位成员都没有丝毫懈怠。

馆员们需要将每一本书盘很多道程序，生怕出了差错，他们认真地把图书分门别类，分配给每个乡镇。由于工作量大，每天除了吃饭，几乎不休息，将一捆捆书分完之后，再重新打捆，配送书籍。回忆到这里，何梅说：“天降十万册书山让全体馆员昼夜不休，但我们满心欢喜。”

二〇一六年，对于金寨县图书馆总馆来说，更是不平凡的一年，也是一个重要的转折点，馆舍面积由以前的一千多平方，扩建到现在的三千多平方。它坐落在美丽的二龙岗公园旁，绿草茵茵、依山傍水的优美环境，让更多人主动走进图书馆。每逢双休日，图书馆和阅览室都座无虚席，虽然工作量增大了，但何梅依然兢兢业业，对工作乐此不疲。

一位“为人找书，为书找人”的天堂使者，一位“读者就是上帝”的先进工作者，这就是金寨图书馆馆员何梅的真实写照。总结这三十年来的工作，何梅微笑着说：“简单重复是我的工作特色；热情细致是我的工作态度；诚实可信是我的做人原则；乐于奉献、淡泊名利是我的良好心态。”是啊，我们每一个人，只要在平凡的岗位上默默坚持，终究会成就一份不平凡。

旗袍在他手中，美人在水一方

旗袍的发源最早可以追溯到春秋战国时代的深衣。《礼记·深衣》载:“深衣衣裳相连，被体深邃，故谓深衣。”，即袍。

旗袍源自古代蒙古系游牧民族女子的袍服，至清代满族承袭了旗袍。清末，为了挽救民族危亡，洋务派“中学为体，西学为用”，吸取西式立体裁剪法，注重体现女性自然之美，形成中国特色的改良旗袍。

宋庆龄喜爱穿色泽素雅、低开衩款式的旗袍，张幼仪喜爱用料精致的旗袍……

尽显东方女性绰约多姿的中华旗袍的背后，是旗袍手艺人披星戴月的巧手缝制。

二十一年间与旗袍朝夕相处的荏苒时光，四辈人薪火相传的祖传技艺，让这样一位旗袍手艺人徐子敬，在纷繁的城市生活中依旧初心如鹤。有人追逐地位，有人追逐名利，他只坚守内心的宁静。十根手指，一颗红心，将一卷卷真丝香云纱、手工花萝、壮锦等变换成荷一样亭亭绽开的旗袍，便是他的宁静。他就像雨后沁满水珠的荷叶，一针一线缝制衣香鬓影，旗袍如荷，立在他手中，美人在水一方。

所以，他说："一把尺子，一把剪刀，一把镊子，一枚顶针，一团线，一枚手针，便能伴我一个下午……"

有人说他不仅是行家里手，更是"痴"了进去。

自二〇〇六年，徐子敬到全国各地创业，郑州、济宁、潍坊、开封……很多城市有他开创的旗袍品牌店。但两年前，他毅然返回了家乡。

这里有他牵挂的亲人。

最初到城市创业，历经艰辛，脚跟还未扎稳，突然收到父亲离世的消息，"子欲养而亲不待"是他心头痛。后来，他得知母亲身体欠安，果断决定回乡，陪伴家人，坚守内心的宁静。他说："回家多好，一睁开眼睛，有母亲，有家人相伴，还有青山绿水，熟悉的乡音。"

徐子敬的母亲今年六十六岁，也是从十几岁起便开始学做旗袍，她回忆起做传统手工蜡染时说："那时自己种植棉花，将收获的棉花织成纺线、纺布。在蜡染时，先用蜡刀蘸上熔蜡，在纺布面料上绘图，然后放入染缸中浸染，再将面料放入沸水中将蜡煮脱落，洗净晾干后，布面有了蓝底白花的图案。"

徐子敬的外婆陈婉珍的一生也是旗袍人生，她会做宽松的片式旗袍。徐子敬的太奶邵荣富是家族中最早做旗袍的手艺人。四代人将具有深厚民族文化内涵的旗袍制作工艺代代传承了下来。

徐子敬的旗袍工作室里有三把不同度量衡的尺子，是三代人分别测量使用过的，代表着三个时代的文化变迁。"到了现代，有了电熨斗、裁剪桌，方便制衣，量体用系绳法、皮尺等方式。现在米兰、北京等国际大都市流行 3D 扫描机器，能够进行人体识别，将人体尺寸数据精确测量出来。”

徐子敬的旗袍用料主要以真丝为主，还有羊毛、韩国纱、手工花萝等。他展示了一卷起源于宋代的中国四大名锦之一的壮锦布料，我被眼前绣有凤栖牡丹的色彩瑰丽、热烈开朗的民族格调所深深吸引。其工艺复杂的编织图案、手感，分明是一件精美的艺术品。

娴熟的技艺，使徐子敬在制作旗袍时不用画设计图，根据不同的定制要求、人体个性，在脑海中形成了各式设计图案，一人一版手工缝制。他还着重在镶、滚、嵌、烫、绣，及用边、盘扣等工艺上进行创新，形成自己独有的风格。一位杭州女顾客评价道：“徐子敬的旗袍制作技艺有着高级的中国风之美：漠北天的仙气，快意江湖的侠气，青灯古寺的禅意，有着行走人间的刀光剑影，大隐隐于市的豪情，千年古韵的柔情。”

我国传统手工艺绣花大师赵菊也很推崇徐子敬：“近年我见过各地十几位旗袍师傅的手艺，但他们从细节、版型及尺寸的把握远不及他。不少师傅要多次试衣，这也意味着要多次修改，而徐子敬没有，尤为难得的是，他有着独特的归拔推工艺及各种包边工艺。作为一个男性有如此精湛的女红手艺，这并不简单，需要很大的勇气和耐心才能够坚持到今天。在这快节奏的社会，能安心做自己喜欢做的事更不容易。”

虽然是一名八〇后青年，但徐子敬的眼中有着看过世界的尘埃落定，他懂得什么是自己所追寻的真理。凭着旗袍文化的一腔执着和热爱，开始将家族技艺传播到全国各地，他所传承的不仅是一门手艺，更是一种民族文化精神。他说：“你的内心世界简单，世界也就简单。”

徐子敬做的虽是高级定制旗袍，却自称布艺人，只想耕耘一方内心纯粹的宁静之地，一辈子，平平凡凡，做自己深爱的事，无怨无悔。

一件雪白旗袍上绣上殷红的梅花枝，嫩黄精细的花蕊，也是一针一线绣上去的。“蒹葭苍苍，白露为霜，所谓伊人，在水一方。”仿佛从上面看到《诗经》里走来一位清秀女子，立于一湾清水边，身着暗香盈袖的旗袍，任时光荏苒，任红尘万丈。

旗袍如花，年华似水，在匠人手中徐徐绽放，从生东方女性遗世而独立的美。旗袍在身，制者心炉生香，美人在水一方。

第四章

时光正好，别吝啬你的明媚

容颜劫

碧叶青葱犹在，纯白的栀子花瓣早萎谢成一张枯黄的脸，像美人迟暮时的容颜易老。

就在上一秒，风在唇齿间幽兰轻吐，转瞬间，香味散了，跟着人生的步伐匆匆掠过，只留下兰草间的斑驳痕迹。

每个人都有他心底最担心的事物，那件事可能会到来，牵扯着每一根神经、每一处血脉。

翻开二十年前的相册，父母还年轻。不知从何时，他们开始使用染发剂，相互涂抹着。那些染不尽的白发，拔高了我们的青春，枯萎了他们的年华。

那些掉落的发好像补在了他们的额头和脸颊上，成为一道道刻痕。皮肤越松弛，那些刻痕越深烙，美丽的容颜被岁月吞噬，被儿女消磨。

还来不及给他们一个拥抱，只让他们空旷在自己的老屋，步履蹒跚，夕阳下回忆我们成长的细碎片段，就阴阳相隔。

怀孕是一个年轻人能够感受年老的最好契机。如难以提重物，尽量不能远行，开始肥胖，四肢肿大，缓缓爬楼，腰酸背痛，失眠，笨拙……很多事情无力去做，当然也可以挑战，但风险是失去生命。尤让准妈妈忧虑的是，孕期失去了美貌。无可避免的饥饿，在半夜袭来，脸上原有的精致轮廓，被脂肪填满，成为一块面饼，没有礼貌的人会嘲笑她们的丑。职场上，看那些身姿婀娜的女孩，惬意地在夏天穿着色彩缤纷的清凉短裙，轻盈着步伐。而自己原本纤细的水蛇腰变成水桶腰，瘦削的胳膊和玉腿，肿胀成了柱子一般，迟缓地穿梭在自己的岗位上，担受着力不从心、工作不便的压力。

其实，一个女人最美的时刻，是她孕育生命的时刻。新生命将母亲的容鬓焕发新的色彩。

月光的容颜有时候被乌云遮掩，混沌一夜，幽咽难眠，只待充沛的雨水将它濯洗清亮。

昭君入宫三年，还未见过皇帝，只因她不肯向赤裸裸索贿的宫廷画师屈服，画像上的她被点了黑痣，成了一枝生满霉点的残花。风月无边，她和汉元帝成了对岸。

若不是历史的契机，她也不会披着红色大氅，怀抱琵琶，白雪纷飞时身骑良马，告别南国的一刹，惊艳了世人。随后的半个世纪以来，边塞的烽烟换成了袅袅牧歌。

花朵可以被密密匝匝的琼叶隐藏，但香韵无法被消弭。天空再黯淡，也不会失去它的辽阔。容颜易逝，不及一颗心灵永驻。

时光往往最先淘走人们的轮廓，留下无形的真诚，那是一个人最宝贵的光景。

紫色的夜晚

镜头看花了漫天银质的繁星，恍惚成原地蹁跹的白蝴蝶。

被月光点亮的夜空，呈现迷幻的紫色，轻柔的云偶尔穿过。

星们霎时从女孩泼墨的画稿上升起，把她也拉入这片紫色的夜晚。女孩还在梦中播撒星星的种子，用一泓清眸灌溉。

设计师裁下今晚的夜空，取走一块紫夜，填补在自己的灵感里。第二天，她的梦中的寒舍铺满多块泥砖簇拥而生的紫色花毯。镜头越拉越长，床边，紫花香薰的味道从梦中溢出，它们和着呓语吟诗，直到倏忽惊醒。

我迫不及待地将紫夜灌入喉咙，它是清凉如冰的，化解了心中火热的焦躁与不安，却咽不下夜里潜入的梦魇，它们来自心灵被压抑的孩子们，只好祈求灵动的蝴蝶们扇一扇优雅的翅羽，使数月后的亚洲飓风碾碎这些梦魇，彻底魂飞魄散。

抚摸着新购的绘有紫色夜晚的本子，不舍执笔，生怕第一句就写坏了，就如不忍轻抚隆起的腹，生怕弄疼了胎儿。胎儿是等待破土的比蓓蕾还嫩的青芽。

迟迟的发愣，终于因为爱，抚摸，成了一件迟疑却美好、幸福的事，枯萎的黑夜似乎飘来了一篇紫色的童话，让绝望转为生机，让一页页空白，变成了经纶满章。幻想的种子载满了这紫色夜晚网罗下的伊甸园。

星星倦了，它们借着流泻的月光，从紫夜中垂落下来，回往女孩空寂的画稿中恍然睡着。波纹没再诧异了，它们倾泻而下，舒开眉头，倒回海洋里，波平如镜，矜持到好像从未来过夜空，亲吻万米之上的痴缠云朵。

我吐出了吞下的紫夜，并承认，我就是窃走其中一块紫夜的设计师。幻思嘲笑着，这世上本没有什么或紫或蓝的夜色，只是笔端流淌的一则谎言。

甘愿编织不存在的景色，来弥补这世界空乏的浪漫。

还有小说家笔下不存在的故事，它们是熟悉的影子成行拼补的翠荫。

晚安，我的紫色的夜晚。

晨光里有花开的声音

春天的百花，摄魄地轻启唇色，我听见晨光里有花开的声音。虫鸣盖过花音，懒腰压低虫鸣，世界的每一次初醒，甘为花开凝露沉默半晌。

夏时，滴滴沉默被谁蒸发，漂洋过海，成为一尊尊冰蓝未填的词牌，青云万里。我触得到它们一阕阕摆渡梦桨的潺潺声。

我触得到风从诗行间隙弥漫的沙沙声。

初秋了，我放下挽起一夏的长发，踱在落花丛，一边拾，一边听她美人迟暮的声音。

多一瓣少一瓣地拾着。

从枝头到发梢、指隙间，又落了一遍。

仰起头，瞅见敦厚的柿子树，它还青，等待一身黄金氅，日子渐镀它内心的柔软。

我向它走近，然后嗅嗅果香。

一只隐匿的馋嘴喜鹊被惊远了。

更多的时候，独行的人都养着一群精神的候鸟。

成群地在自己精神的湖沼上空迁徙。

消融的冰雪旁，有霜降的黎明——他们放它们出来，在人迹罕至的中转站停歇、栖息、继续远行。这样纯粹而宁静的坚守，更与何人说？

每每要如此，一处云栈修到天明，山巅上悬于千里之外，空寂的味道，像它此行将抵达的阁楼旁的一株牡丹的气息，萦绕着踏歌远去的西行人。

昔风喟叹，谛听暮色里蝴蝶泉边的幽篁古曲，与梦同在。

黎明畅鼾，清明雨凿醒，寂静娓娓道来。白色梦在廖雾中，翩翩的雨蝶缅怀其中。假使它冻结，欢欣不在，它的冰凌泪光熠熠，众生共舞。

夜，晴朗。幽兰的天，随性的黑云。这渐入沉眠的夜亦清净，满月与伴星在眸中依偎，紧紧，不舍。有时，我怀疑它陨落了，正在暮色中缓缓降临。缄默的苦楝树位居此席，那些花儿、月沼，携云影潺潺。微风里流泪的苦楝，来过了，不枉此行。

曾想描绘那些花儿，只是看见的是城市的尘埃，凌乱闪烁的霓虹，它们渐渐远逝，在优雅的盆景里萎去。曾让星光与树对话，黑夜的语净化凡尘的灵。曾一度败北、寥落、空寂，伴着仅存的童年记忆。那些花儿永远是她们春天的样子——消耗殆尽的泥土里仍有自然芬芳的气息。

我怀想，树民过着自由自在、诚实不自欺、勇敢而欢欣、充实又幸福的日子。即使它从未一直出现在我们的眼前，它曾悄然降临待我们发现，可是又悄然溜走让苦难临头。一切那么真实，又那么虚幻。

当我年老，还有一分钟的活头，我是会无比安详地把它赠送给子子孙孙准备好的睡衣，还是喋喋不休地留恋，不愿与共枕同眠?

生命是书。每棵树都有一本生存宝典，上苍在你来临之前已经写好，藏满爱的枝头。长大了，素云飘过，被其感染时，这本书就与以后的生存牵手，扯不断、道不清了。书签的地点就是今日散步的秋叶，泛黄的书页见证古老不变的誓言，每一颗标点都是许久别离的寄予风的思念。树的最后一关年轮难过啊！然而温馨的回忆使我吐露，这辈子，来过了，就足够。

兰德说他爱大自然，其次是艺术。艺术的源头在自然，我也爱大自然，可我跟兰德不一样，我更爱艺术。我最爱的是生活，其次是艺术，再次是大自然。这些都是生活，可是这一切的支柱都源于两个字——思想。

书籍告诉我们，世界是怎么样正确运行的。包括正义，我相信，生命的成功在于他已经承担了足够的痛，而且他已经学会了坚强，以后无论遇到什么挫折，都会从容面对。

一扇栅栏外别无他想的苦楝树，身后存有一片为他倾倒的芦苇荡，一生的光影，落叶无常，最终掉在尘土里，掩埋，重生。

我无法向你张望，前方白雾茫茫的稻草岸，一处良莠不齐的港湾。像一位深居禅寺的从道者，成为了久居闹市，又需八面行走的盲人。当流域急近干涸，我才记起这片养育我的流。深冬之后，你是彼岸盛放的花蕊，让我四面漂流的心，找到了岸。

诗说夏荷满园

荷塘中央，荷花正亭亭盛放，清香远溢，轻波翠盖。

“小荷才露尖尖角，早有蜻蜓立上头”出自宋代杨万里的《小池》。清风吹拂下，公园的小荷还在蓓蕾之时，刚从水面露出尖尖的角，早就有一只小蜻蜓立在它的上头，好像要抢先领略夏的娴静光华，荷的洗尽铅华。

明代冯梦龙在《古今小说》中写道：“清净莲花，污泥不染。”圣洁的莲花，出自污泥而一尘不染，寓意高尚的美德。晚风过处，荷香袭人，捧可盈掬，香染梦境。

荷花是夏天特意缝制的荷包，系在碧池流波中，凝神含睇，柔情绰约。“有风既作飘飖之态，无风亦呈袅娜之姿。”清代李渔在《芙蕖》中作诗。荷之茎叶，去留无意，有风时，飘拂摇曳，仪态万千，无风时，婀娜多姿，凌步月光。

薄晨中的荷，在河舞台央，是莲步轻挪的女子。螺髻凝香，青黛蛾眉。冰清玉润，名花倾城。眸子间方浸一潭墨砚，池底，尽是一波碧水，一抹幽苔。

“世间花叶不相伦，花入金盆叶作尘。惟有绿荷红菡萏，卷舒开合任天真。”李商隐在《赠荷花》中如是说。人世间的花和叶命运大不相同，花多为人喜爱，被采撷插入金盆，而叶子被舍弃作尘，只有碧玉似的荷叶、红色的荷花与众不同，或卷或舒，或开或合，听凭天然，共同盛衰，交辉掩映，美不胜收。

夏日晨光轻盈，荷叶轻轻展开圆润的身姿，荷叶上晶莹的雨珠渐渐被初阳抚干。微风过处，一张张荷叶婀娜颤动，荷塘里复现宋代周邦彦的《苏幕遮》:“叶上初阳干宿雨，水面清圆，一一风荷举。”

一枝枝夏荷满园芳菲，散发着诗意的清雅、馥郁。清代名臣曹寅执笔《荷花》——“湖边不用关门睡，夜夜凉风香满家。”就让凉风徐徐拥着一池荷香入梦怀，看红霞万里，碧云满庭，溢清流翠，风和日美。

亭城，京城

不知不觉从亭城来京城已三月整。在亭城时，向往京城的美；在京城时，悟得亭城的好。

亭城是璞玉，京城是玉雕。

亭城人可以在原生态的湖光山色周边过上闲适生活；京城有着丰厚的人文历史，也是现代化人工设计的城市，全国各地的人都赶来，他们学习、旅行或是拼搏。

在亭城，你可以悠悠达达的开车，坐公交，很少堵车；在京城，行人过马路少不了天桥，密密麻麻的汽车像暴风雨前的蚂蚁。

在亭城，教师、医生、公务员被认定是最靠谱的职业；在京城，出去吃个饭都能听见人在聊电影，这里是影视文化人才在全国最密集的地方。

亭城的出租车司机会跟你聊亭城最新的新鲜事；京城的的哥会跟你从中南海侃到卢浮宫。

京城看似比亭城大很多。其实是约 1.2 个亭城那么大。因此亭城人喊家乡为“大滁城”一点不为过。

京城的生活物价并不贵，和亭城差不多，除了房价。但近期京城的人口是亭城的约五倍，因此也难怪京城寸土寸金了。

亭城版故宫和北京版故宫极为相似。凭新旧程度可以很快辨认它们，旧色的是真故宫，颜色鲜艳的就是亭城影视城中的故宫。这一点在现场游览尤为明显。

亭城绝对是当之无愧的宜居城市，环境和人都会使你有家的感觉。来到亭城的外地人，亭城人会把你当个宝，东问西问你家乡的情况，希望你可以把亭城当成第二故乡。

京城是无可置疑的圆梦城市，伯乐、机遇，随时向有准备的人招手。来到京城的外地人，京城人称为“北漂”。你会觉得自己在偌大京城不过是只北漂鱼，不知游到哪里去。其实京城没有那么大，是一种错觉。产生这样错觉是因为没有着落点，也无方向感。如果找到自己的位置了，就会发现京城的一角，有你存在的舞台。

过日子在亭城，拼事业在京城。

平平淡淡是亭城，轰轰烈烈是京城。

记忆里的亭城，青翠的梧桐树隧道般蔓延整条天长路；京城的马路中央种满五彩蔷薇，它们顺着锈绿的铁栅栏向上张望。

亭城的天下第一亭——醉翁亭，是欧阳修笔下的“峰回路转，有亭翼然临于泉上者”；京城的陶然亭，有白居易吟诵的“更待菊黄家酝熟，共君一醉一陶然”的意蕴。

深秀湖是翡翠，是渗到琅琊山骨里的本色；昆明湖是白玉，是嵌入颐和园内的庇佑。

方言中，亭城里的“他”是“那老几”；京城里的“他”是“这哥们”。

亭城里最深的甜是推着白色小车，走街串巷的那一声声“香蕉糖、薄荷糖”；京城里最深的甜是“老北京糖人”师傅吹出的各种惟妙惟肖动物的金灿。

喜欢“蔚园”滁州学院里的水上报告厅，还有廊亭里的紫藤花、腊梅、竹林；难忘“燕园”北京大学内的赛克勒考古与艺术博物馆，未名湖畔的蓝紫色鸢尾花、“长发及地”的垂柳、细密的爬山虎。

曾写过一篇《北影厂，蹲街》的文章，大批人蹲守梦想的场面无法想象。多年后的夏天，每天步行经过北影厂大门前，真实的“蹲街”场景直接冲到脑海里。我观察这一拨拨等待机遇的群演，他们不止是“蹲街”，更有“睡街”那么执着。为了理想，人的意志可以达到触目惊心的境地。站累了，就蹲下；等累了，就睡下。当初的王宝强也曾这样“蹲街”过啊。也有更多的已历经彷徨的人，深吸一口气，告诉世界，梦想的大门会向执着的人敞开。

亭城是三线城市，京城是一线城市。对于“京漂”来说，一根线上，站的人多了，就不容易找到位置站稳脚跟。家，永远牵动着你的心弦，等着你归来。

对于现在的自己来说，爱京城，更爱亭城。

时光正好，别吝啬你的明媚

初雪对琉璃瓦低诉："让我永远落在你心间吧。"

琉璃瓦扭过身，望了望朝阳，它照耀出琉璃瓦倾世的颜色，炙热地燃烧。

初雪打了个冷颤，从琉璃瓦间滴泪成行。

初雪蒸腾为纤云，纤云把她的锦瑟交给蓝天的纯净去调弦，一弦一柱寄思情。

偷来胎儿的睡梦，让秋雨魂附锦瑟捎信寄予你，轻启它，子宫里待产的诗行，让我泓洄的思忆，为你诞下，比清泉纯粹的诗语。

诗是开在你心巅的雪莲，我只是翻山越岭来采撷，够不着你心之所向，只有远远地，嗅那冰清玉洁的芬芳。

你的心事，一首诗就满满地盛下。而我的心事，只有你的名字。恋人的眸中，世界上最美的诗，美不过你的名字。

夕阳是诗的句号，远山是诗的插图。我是诗的尾随者，它一回眸，我便被它的美惊远了。我像一株蒲公英，远远地飘，飘不到云端，所以才能仰望星空。

星空里无数双迷离而清澈的眸光，涤荡心灵，银光硕果的缀满了叶的眉宇。

但它们只像一个人的，那个人住在你的心空。

星空？是心空，一个自由的地方。

不，我不认为心空抑或星空是自由的，她们总会受限，不能像蝴蝶那样蹁跹逐梦。

有时孤单成一枚星纽，扣紧朔夜的胸膛。四周缱绻的流云是她的霓裳。

星罗棋布的排列，拓下星语碑文，挤挤挨挨的，似苏绣的针脚及华盖坠下的亭亭流苏。

不惧将这些星沙揉进眼中，哪怕在西风中迷失了方向。

抽取所有白日的浮华，只余下这水晶般闪烁的星沙，淘尽时光的蹉跎。潋滟凡尘之秋色，只为遇见一个默默注视她的人。

记忆是一只回马枪，总在人不愿忆起的时候，肆意翻涌，混乱人的决定，恰巧星光迷离，世界闪烁其词，也许应浇灭这个点满星灯的夜晚，让她们混作秋叶簌簌落下，流星雨似的淋着梦想，坠于街角的蜜饯铺子边缘，暗自凋零，了无痕迹。

薄雾散去，晨起时分换个念想。

今日春花蓓蕾初绽，明日谁朗诵起秋的悼词。

今时冬梅凌寒孤香，他日万亩夏荷花天锦地。

光阴荏苒，韶华轮转，阴天时迷路时，不妨给心安一处晒满阳光的飞檐。

这个世界上没有什么不可能，谁知道谁的明天的什么呢？

时光正好，别吝啬你的明媚。

第五章

心存希望，幸福就会降临于你

卑微的温柔

俯下身，探望一只虫子。它没有蝶的惊鸿艳影，纳着凉，住在我的屋子里。

雪白的墙体上，它普通得像一部书里的某个标点。少了它，这一页，这一行的对话不会断气。

昨夜便发现了它。依据《变形记》，我幻想它是某个人变身而来，不舍打死它。即使，只要我用手指轻轻一按，那弥蒙的白雾，可以让它一命呜呼。直到今天再度邂逅它，彼此互不惊扰，我想，我们可以共生。

人和虫的关系很微妙。人生而为人，便喜爱捉虫，后置于死地。

当人气数断尽，腐尸一具时，万虫钻身，只余下一副白森森的枯骨。

虫处在鄙视链的最底端。

成语虫臂鼠胆，指小虫的胳膊、老鼠的肝，形容形体小的事物，后喻身份低贱，微小而无价值的东西。

人们用“蝉不知雪”揶揄一个人见识不广，实则是指一位母亲产下幼子的初秋，由于寿命有限，活不过冬天。也许是因为人们将蝉定义为害虫，便用它做贬义词吧。

职场新人，莫若虫。

有些塔尖的人不开心了，一脚踏平你，还嫌鞋底脏。此刻，你只是一个挥舞虫臂之人。但还好，你有一双翅膀，危险来临时，必须用力扇动它。

但没有翅膀的虫呢？需疾驰远离那不属于自己的群体，找到共生的集合体。

相传周穆王率军南征时，全军尽化，褪变为猿鹤，或变虫沙。

《太平御览》卷七四引《抱朴子》言：“周穆王南征，一军尽化。君子为猿为鹤，小人为虫为沙。”

后来，这个典故演变为成语虫沙猿鹤，比喻阵亡的将士，亦指死于战乱的人。

这段历史传说颇为诡异，将战争神话化了，而“虫”“蝼蚁”，被视为“小人”“志短之人”的化身，也印证了人类对虫的糟糕印象。

虫害事件确为人类无法抹去的阴影。

印度一家银行的钱柜被白蚁吃光光；爱荷华州可怕的“虫卷风”事件，让人们陷入末日恐慌；美国东海岸九十四分贝的蝉声震耳欲聋……

相较于写虫的贬义词，更欣赏秦观的词：“虫声泣露惊秋枕，罗帏泪湿鸳鸯锦。”

用秋虫的啜泣，绘出一副凄美幽怨的深闺孤枕图。那独守闺房的苦心女子，在绣着象征爱情双栖双宿的鸳鸯锦被里，茕茕孑立，彻夜难眠。这里的虫声，不再是“噪声毒药”，而成为一种水墨皴染的写意手法了。

白墙上的甲虫，静默地轻舞着黑白相间的两道“胡须”，它或许认得我这个庞然大物，我与森林里吃嫩叶野果的大象一样无害。

可我又明白人性隐含暴戾的情绪，就好比该虫若从白墙彼岸顷刻靠上我手臂的码头，我可能等不及它卸货，就会拍扁它，然后丢进垃圾桶。不用做分类，因它的残尸小到无法辨认……

面对一只虫时，像站在茶卡盐湖的天空之镜下。同样的微渺，相似的倒影，在人生之初，我们用虫臂力图撼动一棵大树，其实，至多有几片叶子被蛀了几个洞而已。

我们憎虫厌虫之时，虫或也视我们为另一种异虫——破坏自然生态平衡、污染环境、泯灭良知的人虫。

我们曾轰轰烈烈地拼搏过、用力过，很多人活得太强势、太累，巨齿鲨一样的存在，撕咬力量超过霸王龙，被古生物学家誉为地球史上最凶猛动物。

可是，庞大贪食的它们灭亡了，一百五十万年前，它们曾站在食物链的最顶端，没有任何天敌。

虫，最不起眼的虫，还广泛分布在地球这颗蓝色星球之上。时而眺望星空，时而在月光下发呆。一个人活着，不必那么用力，那么争先恐后、谄辞令色。不如，用一朵花开的时间，卸下满身疲惫。

或许，基因里携带一丝卑微的温柔，静下来，等风，才是生命的长计远虑。

写完此篇，我要关灯了，那甲虫，突然又出现，趴在开关旁，依旧静默不语。待我“啪”地关灯时，它小小的虫躯一震，恐是以为老天“打鼾雷”了。

“写你写了一晚了。”我对它说。

它摆摆触须，回答得挺快。

语罢，各自相安入眠。

爱情气象

有人问，乍暖还寒时候是什么感觉？

我说，是寻到新爱还残存旧爱记忆的感觉，是新芽抽出时，伴随苍蝶倦飞旧叶枯萎的感觉。

有人问，乌云满天，欲“雨”还休是什么感觉？

我说，是想爱而不敢爱，想问却不能问，想在一起等雨过天晴的感觉。

有人问，霏霏雪妆，化作白脂，美艳欲绝是什么感觉？

我说，是追求纯洁女人，但她们无奈降落，越来越低，低到尘埃里，消失决绝。此后，每每想她时晴天就落雪，想到世界全白了头。

我问，一米阳光是如何丈量出来的？

有人说，是久别重逢的情侣，他们相视而笑的时候，阳光饱满得填充了他们张开双臂的长度。

我问，似火骄阳，是如何把握火候炙烤大地的心房的？

有人说，非炙烤也，是激情燃烧的岁月里，渴求已久的爱慕之火，扑上了清洌的泉而亡。

我问，雾霭茫茫，如至仙境，濛濛细雨，如甘滋润的天象是如何播撒人间的？

有人说，是朦胧的暧昧感，有人讨厌它，有人感悟它，有人小鹿乱撞，有人战战兢兢。它是柔软的，像是细碎人生中逐步脱落的满头千丝，用根紧紧缠住每个遭遇它的人。

我在最后问，那么沙尘暴来袭可怎么办？

有人说，它就像幻想中的爱情，在风化中迷失了璀璨的风景，却迷恋沙漠里的海市蜃楼。

时光无法了结我们

雪，她是冰质的身子，由不得温暖亲近而来的暧昧靠拢，否则，她万劫不复。而我们还没有来得及赏雪，已是刹那芳华，春花遍地了。

路边都是开满海棠花的树，开出的那种像是淡淡粉墨浸入白宣的花瓣，很像桃花，但是它的花颈就像是樱桃的梗，好似在伸懒腰，把梗生得又细又长。

阳光实在是太暖了，好像无处可躲的一层棉被，把我们包裹着，所以无论经过哪里，或是伫立着、坐着，都昏昏欲睡，这就是春困。天气温暖了起来，令人非常舒服，灰喜鹊们欢叫着穿越山林，迎着春天的暖阳。四月，就像是喜欢一个人的感觉。

如果喜欢一个人，就像一种季节，那只能是春天。凋敝的一切复苏了雀跃的心跳，长草也在屋顶上疯长。山花一朵轻挨一朵宁静生活，和睦摇曳。夜里就算蒙着半角被子，也呼吸着宜人的春的气息，没有冰寒，也无酷暑，有的是一个个平缓的梦意。

在四月里放空繁琐的心事，把融融暖意填补入冰封了整个冬天的心扉。置身世界于自己的小世界里，世界说道，你真的很狭隘。可是自己内心的小世界说，我有大大的梦想，小世界是打开世界大门的钥匙。世界转身而去了，留下遥不可及的背影赠给自己。

四月是花容初绽的时间，是万象更新的时间，是含羞待嫁的古代女子最后一日闭门闺中的时辰，是偶遇旧相识的人笑靥如初的永恒。

四月天的傍晚，红霞泛着不舍的眸光，把天空当作明眸，眸中的每一根血丝都是叮咛。笑着看天，天空也就对你笑了。若是冷冷的看待世间的不公平，那眼中一直看到的，就只有冰冷。你若觉得这世间温暖如初，那么你的心中也生满了草长莺飞的四月。你是那个在曲曲折折的廊亭边缘冲镜头笑着，鞠一捧柔光照耀下的水珍珠的可人儿，你是那人间的四月天。

虽然时光令我的骨和皮肤越来越松弛，直至消失成一副骨架，而我的心却一直和你紧紧依偎。时光分解了我们的躯体，但我们的灵魂永远在初识的地点驻地。

虽然洁白的婚纱将沉箱百年，泛黄、布满虫洞，千年后地壳变动，它更是被腐蚀沁入混白的沙砾，老去后的我们的形态在千变万化中不曾消失过，我们知道，我们总有一天，会成为俩株庇荫的树，根连根、叶连叶，洪流也无法冲走我们。

虽然我们不知道活着的意义在哪儿，但是知道我们的爱和彼此的存在是留恋于世的理由，来到世间别无选择，离开人世而又无可奈何，生命之初和死亡之结又是多么相像，我们无法主宰自己的生死，只有漫漫人生路的五味杂陈。

人生，像一个难以解开的公式，步骤太多，太繁芜，最后发现它是无解的题。弥留之际，将撒手人寰丢下这道已让自己纠结半生的难题，才发现已来不及解开，且无需再纠结了，根本无需纠结，因为，它本就没有答案。

人们，无需在活着的时候反复纠结和难为自己，否则就带着遗憾走出人间了。所以我们约好，就这样相互照应着，督促着对方不许忧伤，牵手走过人生的欢乐时光，十指紧扣趟过逆行的河流。

即使有一天，我们双双远离人世，淡化了一切痕迹，时光却无法了结我们，我们的故事、我们的爱，在他人口中留下续篇。

冰蓝色的海岸线

海底，犹如波光潋滟的水牢，断落的夕阳在背后写意空濛。海、天，就这样气若游丝，蓝是自由的，更为肆意和汪洋，晦暗侧影只剩海鸥的身躯。江水碧漪，海则是五彩斑斓，又是冷艳冰霜的女子，岸上故里，小姐们是馥郁满枝，梅蕾一样的暗香，而公主，与国家蓦然相望，则是湛蓝怡心，演绎一池章回故事。

一位苍髯老者向海浪瞥去，这一副记忆，可是油画的前生。翠海叠瀑，清凌莹白的被海风怒吼捣碎的青瓷浪花，簌簌有声。白云在画面中后退，眼中的海比天蓝。

忽地飘来白色的沙，大地辘辘饥肠地吞食着她们，原来是海的雪夜。礁石被冰雪冻住了，雪紧紧裹着海以及和他有关的东西，好像他的棉被，他却奔流不息，昼夜思潮，不会受制于她，美丽的她。原始的，偶然的，成为天的镜面，窥视天貌的尤物，他勇猛，对待公主，是柔声细语。

躺在海边，梦着帆，不再对美趋之若鹜，只纹丝不动，思念着无边的白雾茫茫，是小美人鱼驻足在海边的雕像。小姐们浅湖聆浦，瀑湫观星，食甘雨，尝露香。没有海的悲天悯人，即使看海、出海、画海……也只有那么一两个人，才有这悲天悯人的情怀，继而创造。

他要出海了。他的她本来惧怕，怕他所在的船被海吞噬，怕他被恶人从甲板上扔下海去，不过一切挽留都无济于他的走，她的留没有用了，面对强大的海，我们都无能为力。

等啊，等啊，小小的哥伦布总问，爸爸呢？他什么时候回来？她苦苦地等待，时间是一只反复搁浅的漂流瓶，一杯倒流、回溯的沙漏。

七年了，他还没回来，为伟大的事业不眷念家吗？于是她睡了，久久地，沉眠不觉。七年后，他回来了，还是要回到人类的事业中去。不要对着孤寂，沉沦。

冰蓝色的海岸线，就像是一根琴弦，海之琴绽放着悦耳的铜铃声，是母亲的召唤，生的开始，是与另一半的牵手，飘着洁白的婚纱漫步海边，是仅存的记忆，一辈子不会忘记的最后一个念想。

你是天空一抹蓝

没有天空，谁把雨来绣，谁快递了鲜活空气包裹奉送大地生命？

天空是谁的原创，让艺术家们热烈窃取？

阳光，吻在雪脸上，雪害羞地褪去了纯白，降落的过程中绣落一针一线相思雨，终而蒸发将要不见，如美人之迟暮。月光，洒在雨身上，雨水在伞柄缝隙温柔旖旎，挥洒汗滴。

对你的挂念由远及近，是呼啸而过的“风卷枫动”掠过了追忆的行程。秋草如是挂念春花。

我把对你的挂念轻捻成句，爱的章程便铺作绿笺，徜徉在你出现的我的心境之曲径通幽。

向日葵仰望天空，念的是燃亮天际的阳光。萤火虫飞舞深寂时，误把星辰当作白衣情人。

我凝望你，念的是塑造你的坚强。

绵绵无期的海水，和低云一同，壮阔地在高过甲板的扬帆前翻卷、织梦。

可不可以让天空偷走你发呆时的模样，寄给傻傻等你归来的我？

而后，画地为牢，拘留纯到无痕的湛蓝天空，置于我们的童话森林里。

想你想到泪水如洪决堤，在你的声音前脆弱得不堪一击，似白鹭依恋沼泽。怪只怪我蹦跶无尽的泪珠太脆弱、太凉薄，纸如我、蝉翼如我、苇絮如我、澹月如我，但我皆不及它们，它们亦有韧劲的一面。

为什么天空让我们相遇，又让我们相隔一道冰蓝色的海岸线？

距离的长度、等候的宽度和思念的深度相叠相乘，让我得到那片承载你远行船舶的无垠大海！

和你很久才见上一面，而你总开怀乐道“小别胜新婚”，笑遍海角，把苦抛锚、沉淀在海底沙漠。

你的船曾靠岸时，我们一起坐汽车回家，你说出“这车真慢，什么时候才会靠岸”时，我笑得前仰后合，笑你的职业习惯。

在海上漂久了，你对海似乎有点发言权了。

你说在大海面前，人不过是一条刚退化了鳞尾的鱼儿。它能吞没一切苦衷，发牢骚时朝海倾诉，会觉得自己太计较。生气时向海愤怒，听闻巨浪狂吼训斥你的小心肠。就让海水强大的净化系统拥抱并拼贴，拼贴并修复你残碎的仁心。

你说每个人的心中都有一个漂流瓶，瓶子里塞满一个问题，这个问题蕴藏一个故事，不是关乎自己，是他们口中的“你”。

如果说人的祖先从前真的是生活在海里的鱼，那一定是别样的鱼吧。其他的鱼是喜欢解决眼前的事物的，而人这种鱼，有耐力，它们愿意工作三个月，然后拿这几个月赚来的钱好好享受三天的浅滩沐浴。人也更加复杂，把工种演化出上万种类，构成庞大的人类社会体系。

“渔舟唱晚，响穷彭蠡之滨”的湖泊有它的细语微澜，“兰桡画舸悠悠去”的江水更有它的缓带轻裘，一轮轮沉到落红渲天、似血夕阳暖怀里去的海船，独孤提箫，怔怔消失了，化作绝响“海上生明月，天涯共此时”。

比海宽阔的天空中的蓝，蓝得愈演愈烈，蓝得化掉了，于是掉进了海里，褪色不成。

蓝是我对你镀上的想念。

去你的深眸里做客

你的眼睛是有内容的，和你相视一笑的时候，被阅读进了心里。彩虹色的云一丝一丝的缠绵在你的视线里，风筝突然断了线，追逐天际。

莲碧连天，为空气沐浴香浓馥郁，蘸着芳馨，浅浅的画笔，勾勒你房间一样的眼睛。我愿掀起这存满诗情的眼帘，去你的深眸里做客。

莲和叶原本应该是一对情侣，就像其他花儿一样，花和叶连生连长，亲如一体，不像“花叶永不相见，生生相错”的彼岸花——花开的时候没有叶子，而叶子只在花谢时才出现。莲花和莲叶日夜相伴，隔水相望，独独而居。

你的容颜衬着和风，痛苦如蓝天衬着的白云，转瞬变幻，消散得比想象的要快。此刻天蓝、水阔、止风端正了粉莲摇曳的身姿，与远黛山峦遥相衬和，光阴撷取了静谧的莲花瓣，飘逝在湖面，葬于缠绕在密集荷叶旁更加错乱的菱角茎叶旁，而圣女的心脏——莲蓬，作为它的舍利子，依然承接着祥和之美。

你说，如果有一天你即将不在了，多想死如莲花，死得如无其事，因她终身不争不抢，只守于自己的水域，观隔岸江火，或仰望繁星，无需悲伤，无人送行，无声无泪，无边无垠。

天空骤然好明亮，不是因为月光透过隔世的监牢。就算什么也看不见，只需听到一句走入心区的言语，就能照亮沉寂太久的灵魂。

你顺着记忆中的芦苇荡的路，穿过芊芊玉杆的高耸，不远处退潮的渔舟江面迂回着荡漾。我就在你转身可见的不远方，见你提一盏忽明忽暗的莲灯，掬一捧清浅的水花。萤火虫挺着绿莹莹的微渺之光，打你的眼前飞过，才让你从沉浸的世界中回神。

人生中会遭遇许多不济，有些悲伤化脓，而有些成烙印不退的疤痕。你委屈时的眼眶，像极了正酿雨的铅云，不久后雨滴便覆了一叶扁舟模样的眼睛。我差遣沉默的时光，为你流转往昔琐事凡尘，解开郁结。

梦境里那些陌生的地方、人、事是谁导演、拍摄的？入睡时，思想也沉入了海底。波光潋滟的水光和肆意潜行的鱼鳍像是一艘雍容雅步的渡船，看海上迁徙季节，舳舻千里，可转瞬便被更大的船只吞没，了无生气。人是不是也和触角多的千手佛海葵一样，都有无法碰触的神经，触角随意在水底晃动，放任，安安静静。可是一旦被攻击到心的痛处，反而掀起狂浪？

一只旗鱼总是被其他鱼的心灵占据想法，或言其招摇，或加以羡妒。可曾想过，它原本就是这样的性格、体态，它从未想过要刻意的成为什么。像荣曜秋菊的女人，总是被说成红颜祸水，像沉默寡语的人，总是被说成孤傲而疏远，若秋叶之死寂。

时间不停地串联事件，制造出乎意料的神话。不论乐善者如何布施，祷告人怎样虔诚，悲喜交加的事情以各种方式闯进生活，让记者们有报道不完的新闻，让作家们有构思不完的小说。不必全然依赖定律，这个世界上的定律都在缓缓地发生着变化。你总是在回头之际就发现，刚才还让你觉得平淡无奇的稚嫩小婴儿，转眼成了举世闻名的人物。你想接近他，仿佛昨天还是他的玩伴，但他远去的身影只播放在你的记忆幻灯中，明明灭灭。

尘世纷纷扰扰，只想躲在你的眼底，哪儿也不去。你的眼睛告诉我，最荒凉、最严酷的撒哈拉沙漠也会盛开百里香，她粉紫的萎在无人越境的浩瀚无角之落，倔强地留下来年重生的种子——没有绝对绝望的事存在。

再看着你化作深海的眼睛，同阅读思想一样，铜墙铁壁里也生出蘑菇伞来，其实是一只迷离视网膜的桃花水母罢了。

当眼睛追随生命的终结而点点黯淡，你便轻轻游弋在我的梦里，成为平和心境的一串呼吸。

萤火蔷薇

青树翠蔓，郁郁芊芊，试图遮掩蔷薇一身惹人怜爱的浅粉。西溪湿地公园的一处幽僻里，一个摄影镜头被高高举起，像水边湿地的捕蝇草，分泌着艺术的蜜汁，每当有绝美的切画入镜时，便用极快的速度将其夹住，并消化吸收至逃不出去的一维世界。被拍摄后的世界便神奇地消失了，比如，一栋房子、一只蜻蜓、一道彩虹。他们在相片里存留，存到渐渐泛黄，被时光的快门吞噬……

月光下的木屋石墙边，绽开一丛野蔷薇，她没有玫瑰那样受人宠爱，但拥有顽强生长在溪畔山巅的自由，点缀于路旁的亲切。“百丈蔷薇枝，缭绕成洞房。密叶翠帷重，秾花红锦张。”每一簇花蕊中，都飞出一粒粒粉色萤火，飘过莲滩鹭影，越过渔村烟雨，红飞翠舞，一曲溪流一曲烟，仿佛一盏盏蔷薇花灯，可许愿祈福。

忽而，那明明灭灭的粉色萤火，由分散各处，到汇集至一处凉亭之央，在须臾变幻间，化作一位少女的身形，仔细嗅来，还有淡淡的蔷薇香。“折纤腰以微步，呈皓腕于轻纱。”虽只一身粉亮的光影，却已引得对岸的青年摄影师啧啧称奇，当他恐惧又兴奋地按下快门时，那萤火少女的倩影又惊得四散而逃。相机里只存下无形的虚影而已。

摄影师名叫暮西，年近三十还未有一份他老婆口中“正当”的职业，每天只是“行行摄摄”，赚不够女儿的奶粉钱。老婆放下狠话：“如果坚守梦想，那就拿下十月的国家地理摄影大赛金奖，获得两百万元的创业基金，要么就老老实实找份工作。我们都有过梦想，谁不比蔷薇坚强……”老婆说完哽咽了，他也低下了头。

盛夏七月，暮西抱着最后一线希望，孤守在公园湿地里，寻觅摄影题材，为这次的比赛做准备。没想到，竟真有这等奇遇，真是上天赐予的良机。

他又连续在这里守了三日，竟未再见到粉影少女，失落欲返时，蔷薇丛中竟侧身款步而来一位少女，像是从仕女画中走出的簪花公主。蔷薇花瓣落在她的锁骨里，似花瀑零落龙潭。她手执青花瓷色的书卷，口中念念有词：“蹴罢秋千，起来慵整纤纤手。露浓花瘦，薄汗轻衣透。”

“夏安，暮西。”一个温柔的声音传来。暮西像接过奏折那样崇敬地走近少女，看到她浑身散发粉光，若天宫仙女，云鬓花颜，珠玉步摇，彩绸长袖，在晚风和月光的照拂下，让暮西恍然如梦。

“你好，你怎么知道我的名字？”暮西竟不觉害怕，与这位奇异少女交谈起来。

“我是这里的吟诗仙子。唔，叫我易安吧。”少女轻言细语，捂嘴笑了。

轻盈的笑声竟愈发的刺耳，暮西突然醒来，原来，他在蔷薇花丛下睡着了，身上落满了蔷薇花瓣。此时，已是凌晨一点了，老婆打来的第十九个未接来电让他惊醒。

他准备回家，突然，一个不可思议的场景出现了。

那些粉色萤火再度现身了，像是一团粉云，又飞回最初的凉亭处，幻作粉影少女的模样，她只是一个粉色的发光的影子，但一颦一笑却那么倾心动人，暮西趁机追跑过去，准备抓拍下来。可她们越过一处水塘，在塘边嬉戏。这次，暮西说什么也要捕捉她们的倩影，便不顾一切单手举起相机，单手奋力游至水塘边，呛了两口腥水后，“咔！”清脆的一响。

暮西顾不得爬上岸，赶紧点开相机里的照片。举世无双，惊艳夺目！他舒了一口气，很有信心赢得金奖，特意为这幅摄影作品取名《萤火蔷薇》。

金秋十月，暮西被邀请去北京参加国家地理摄影大赛的颁奖典礼，此刻他还不知自己获得的名次，内心有些忐忑不安。毕竟，如果不是金奖，就要兑现对老婆的承诺了。

“获得金奖的是——”主持人要宣布结果了，暮西的心怦怦跳个不停。

“金奖是——碧落女士的《镜头》，祝贺！获得银奖的是暮西的《萤火蔷薇》。何宽的《银河》获得铜奖。”

现场一千多名嘉宾，掌声雷动。后面的话，暮西一个字也没有听进去，大屏幕放出金奖作品，他也无心去看。可是，突然大家把目光都聚焦在他身上，追光灯打得他睁不开眼。他不由得向大屏幕望去，一瞬间，他惊呆了，目睹着这张作品，流下了两行热泪。

画面中，一位青年摄影师，撩人月色下，将大半个身体浸在没肩水塘里，眼睛贴紧镜头，将镜头对准远方，对岸是一群依稀翩飞到千年才女李清照雕像身上的玉绿色萤火虫，它们好似也想在夏夜吟诗，围拢在她身边，形成一个少女身形，袅袅婷婷，久久不愿散去。

他是用红外线摄影镜头拍摄作品的，他世界里的粉色萤火，在另一个世界的镜头中，还原了真相。

当你去发现其他事物的美时，何尝不会有人发现你的美？

耳畔又扑来那句“我们都有过梦想，谁不比蔷薇坚强……”

他知道她是谁了。现在，他只想迫不及待地回家，紧紧拥抱一枝花。

第六章

将忧虑变行动，梦想不请自来

人生的两面

“晚秋的杏叶，嫩黄的蝴蝶林一样，随风翩跹，欲予秋香。秋风萋，秋雨潇，秋泾清，秋魂黯。过琅琊之秋曦，万物婆娑，早已慑入眼眸。秋枝瑟瑟，一只巨大的霰雪鸟，即将从雪国，捎来万象更新的函件，只身向山岭。秋山中竹林不再拔翠，却被秋染上深沉积淀的墨绿。似青葱的人生，在金秋拾掇起了往日稚气，为世事的镜头添上浓墨重彩的一瞥。忍不住拾起一片刚降落的杏叶，风在数落她。她当自己是枚锦笺，高贵的，安然的，也当自己是碎掉的秋。”

我这样写秋。

饭局上谈到文学，其中一人说：“文学的那些词、句子，就是装的！最讨厌这些，说话不能好好说啊！说人话！”要是按照饭桌上这个人的说法，就是“秋天冷！地上到处是叶子！”有时候你日夜追逐的事物正是别人嗤之以鼻的，不用惊诧什么，人和人本来就不一样。

有人说写作只是一样工具，写书的必备技能，文学仅是书籍的一个分支。多年练就一本研究出新知识的书，才是真正的书。

“文字到一定程度就是指纹。”另一顿饭局，都是喜欢写作的人，一位作家在饭桌上这么说。太妙的比喻。如果像作家所说，写作文字到一定程度就是作者的指纹，那没有辨识度的文字，也许就相当于指腹上的浮尘吧。

人们总是扩大自己的悲伤，缩小自己的幸福感，缩小别人的悲伤，扩大别人的幸福感。这与文字相似。阅读文字可能会减少自己的悲伤，因为看过了其他人的故事，会觉得自己很幸福，于是不自觉地扩大了自己的幸福感。又可能会扩大别人的悲伤，每个人的体验都大相径庭。文字煽情的地方，让人心动容，久久难忘，对于不幸的人，产生同情心，于是便缩小了别人的幸福感。

在社交网站上好友发布的度假、爱情生活、工作成就等信息有时会引发嫉妒心理，并由此让他人感到痛苦和寂寞。可能人们在浏览后感觉心情更糟，对生活更加不满。如果你不是“分享”这一组的，而是“暂时无法达到这些”的观赏组的，则需要摆正心态，切勿盲目攀比、自寻烦恼。

事物的两面性无处不在地影响着生活，当你在个人页面发布让自己感到幸福的信息时，可能正触痛了别人的心灵，让他人中内伤。

当你打扮得漂漂亮亮、顶着智慧的脑袋去工作的时候，你看不到别人有几颗妒忌心、几颗欣赏心、几颗视而不见的心。

这世界，这小小的空间里，又有多少颗真正关注你到细枝末节的程度的心呢？

不管怎样，做自己就好，循着内心的欢喜、向往。随遇而安。

图书馆馆员的别样人生

他的名字叫刘玉龙。或许此刻的他正安静的沉浸在大学图书馆一隅，是书匠却不是教授，是书虫却不是专家。图书，成为他此生与安徽滁州结缘的“媒人”，更是他人生的转折点。二十八年的图书馆工作成就了他的书香人生。

一九五二年，刘玉龙出生于上海市黄浦区。他的母亲是剪纸艺术家，师从曾被誉为“神剪”的全国工艺美术特级大师王子淦。在那样的年代，刘玉龙的母亲靠着剪纸养活了一家人。

在他六岁那年，注重艺术教育的父亲便培养他学习书法。刘玉龙至今获得过三十余次全国性书画大赛的奖项。书法作品被吴道子艺术馆、中国红军纪念馆、北京华夏国艺书画院等单位收藏。发表《杨凝式与书法》《瞿秋白的书法艺术》等论文一百多篇。

中国文人书法家协会、香港青少儿视觉艺术研究会曾向他寄来了入会表格，他都委婉拒绝了。他觉得自己并没有达到高成就的境界，其次入会以后需要开会，更加没有时间创作了。他就是这样一个惜时、谦逊、淡泊名利的人。儿时家庭的培养和熏陶，冥冥之中奠定了他的艺术气质。

他作为上海知青到滁州定远县山区插队落户，曾任西卅店公社青山大队的团委副书记。

一九七一年的春节，上海知青纷纷选择回家过年了，他却选择驻守在和县工地，冒着头顶随时飞下来的土石方的生命危险留在一线，和民工一起打钢钎钻眼，放入火药引爆土石方，与民工一起同吃住，在寒凉的冬夜，就睡在地上仅铺着些稻草的茅草棚里，艰苦的工作环境更加磨砺了他的意志。

一九八六年，偶然的机会下，他被调到滁州学院图书馆从事图书管理工作。也正是在这一年，工作环境的熏陶让他钟情于读书，于是阅读、写作开始成为一种不可或缺的习惯。他说喜欢阅读纸质的内容，有质量的保证，都是精品的著作。由于电子信息的传播越来越广，现在年轻人大都喜欢阅读电子读物，精心阅读纸质书籍的人越来越少了。

二〇〇七年他被调到期刊室从事过刊分类编目。《中国图书资料分类法》是他自学、摸索工作技能的重要工具书，足足有一千多页，包含化学、船舶等各行各业的复杂知识，没有足够的能力和耐心，是无法研究透的。

现在安静着坚守做事的人已经不多见了，我感叹于滁州还有这样一位不显山露水的朴素之人。

人生“留白法”

小时候我们倒水，大人提醒我们，水不能倒满，需要留些空余，水满杯了则容易流出来，这是“水满则溢”的道理。

长大后，我们用手机拍照，接触摄影的人都知道，取景时不能构图太满，要给主体留有空间，这样的图看起来才舒适、具有美感。

绘画和摄影有相通的道理，中国画的留白艺术蜚声海外，被世界各国纷纷效仿。留白，成为能体现恬静、悠闲飘逸的标识，让画作透气，可以“呼吸”，气运生动。影视艺术、文学作品创作中，也常用结局的“留白”给人以意味深长的回味。不仅是生活和技艺的学习需要留白，做人也有着同样的道理。

孔子曾带学生到庙里去祭祀，看见一种盛酒的祭器。学生们看了觉得新奇，纷纷提出疑问。孔子没有回答，却问寺庙里的人：“请问这是什么器具啊？”守庙的人一见这人谦虚有礼，也恭敬地说：“夫子，这是放在座位右边的器具呀！”于是孔子仔细端详着器具，说：“放在座位右边的器具，当它空着的时候是倾斜的，装一半水时，就变正了，而装满水呢？它就会倾覆。”孔子语重心长地说：“世上绝顶聪明的人，应当用持重保持自己的聪明，要用退让的办法来减少自满。”学生们听了深受感动和鼓舞。

为生命、思想留白则是它升华人生的制高点。

接下来说一个闻名世界的女摄影家的故事，她一度是一个无法被人理解的女人，跟世界上所有从事摄影的人来比，她似乎是从骨子里逆着他们“反路”奔跑，被称为摄影界的“梵高”。

历史第一位被攻击为不道德的摄影家，大概就是她——黛安·阿勒丝。只要是见过她的摄影作品的人，心中不愉快的情绪很难抹去，它们就像是一群积压在你心里挥之不去的被遗弃的库存。她所拍摄的对象，大都是正常社会中所谓的畸形人。这些照片跟美感毫无瓜葛，甚至是让人嫌恶的。但她的摄影，因为留下了给人深思的余地，因而闻名世界。美人的照片何其多，除了拥有美的本身，却缺乏深烙人心之处和对心灵的冲击力。

她的摄影艺术作品所蕴含的思想性，才是她的智慧留白。完满的作品若是没有深意，那么，它的价值，如何在岁月漂泊中升华？

在日常生活中，我们也要找寻留白法，为人生寻得一片可以调节自由度的湛蓝天空。

仗着聪明便咄咄逼人，不给他人台阶下，这样只会让自己的人缘越来越差；应给他人留有余地、退路。真正的智慧人，会找到平衡点，让双方都和谐，其乐融融。这是为人处事的留白法。

以爱为借口，紧跟爱人的每一个行踪、电话，猜忌、怀疑只让你们的关系越来越紧张，应给对方留下自由的空间。真正的爱人，会把你们之间的时间和各自的时间拿捏妥当。这是爱情的留白法。

工作忙碌的时候常常说，等过一段时间再陪父母，再陪孩子，再去旅游，再做自己的兴趣爱好……如此等待的人生，没有尽头，只能在生命弥留之际剩下遗憾，因此要学会适当地给自己忙碌的时间留下一段空白，来填补、满足自己一颗自由的心灵。这是自己的人生留白法。

沉默是父爱的无声留白，也许他们是不善于表达的，但他们会用行动抵达子女的心之深处，为亲情画上浓墨重彩的一笔。

主动发起的战争无留白，它们充斥着喧嚣、占有、敌对，不给无辜的人们一点喘息的机会，这是霸凌者自以为强大的游戏。

有些事情早就变化了，你还以为它在原地。不是天离你远了，是你的心在逃荒。不知如何追寻时，就在夜深人静时，默默地跟一片白色说话，把白纸说成了信，寄给远方的自己。

被诗歌怜悯的女人

也许是机缘巧合，在余秀华爆红网络前，我已关注这位在乡村中生活的女诗人，而她的诗歌早已超越了她所久居的横店那片土壤，穿越了大半个中国。在她精心著就的博客、诗集中，我发觉了她的诗歌中暗含着被遮蔽的天才。她原本是一个普通的扎根乡土的农妇，日渐走向全国各地，接受媒体采访、拍摄纪录片、参加朗诵会、新书发布会、当选作家协会副主席、举办签售会……

曾有读者说："看余姐的诗歌，我看到的不是诗歌所散发的魅力，而是感受到了心灵巨大的力量，穿透了我每一寸肌肤。"也有读者说："余秀华是被诗歌怜悯的女人。"我想，她的不幸经历也好，遭过的沉痛也罢，诗歌都是她的心腹，为她在文学的王国中翻山越岭、不辞劳苦，为她支撑起一片洒满阳光的心灵院墙。

她的心声像她博客的背景音乐中所唱："我来自偶然，像一颗尘土，有谁看出我的脆弱。"成名前，她在生活中因病遭遇的脆弱，因诗歌而愈发沉淀、喷薄而出的奇迹，又有谁能看见呢？更多时候她站在月光的背面，余下孤芳自赏的怜影。月光却又何时能落在左手上，镀肤壤以璀璨的金色呢？

余秀华诗歌中的修辞手法运用意象丰富，引发思考、联想。《可是我爱你》里说："你沉默的时候，我会听到我腹腔里低沉的钟声。"其中"低沉的钟声"寓意的是人缓缓的心跳，好比钟摆徐徐的摇晃。而为何是"你沉默的时候"我才会听见自己的心跳呢？引发读者思考：是因为你在喧嚣之时，我感受不到自己的存在？还是因为你沉默时，我们相对无言，我心中的光阴之钟在兀自的流浪游走，令我惶恐呢？

"风里絮语很多，都是它热爱过的，它举着慢慢爬上来的蜗牛，给它清晰的路径。"

风，原本是一个简单而常用的诗歌意象，而加入"絮语"后，便给读者以无限遐思，"絮语很多"一句也就写出了这比肩星斗的纷繁世事，在尘风中的悠哉拂散。

"都是它热爱过的"，说明了风爱过那些言语、世事，它是一个积极存在着的被赋予人生命的拟物词。"它举着慢慢爬上来的蜗牛"，吹着的风是有重量的，为它举着蜗牛，铺垫了力量的来源。风再次有了"人"的举动，并且"给它清晰的路径"，此刻的风就像一位生命的导师，给了孱弱的蜗牛以前进的方向。

这句诗歌有着积极的人生意义，给人以前行的希望。将看不见的"风"及薄物细故以"以小见大"的手法，拓展出更深的含义，发人深省。

余秀华在诗歌里大胆运用色彩，涂满了人生的画布。她写："月光把一切白的事物都照黑了：白的霜，白的时辰，白的骨头，它们都黑了，如一副棺材横在她的身体里。"其实，月光是把黑夜照亮的，而余秀华大胆反写，月光把白的事物照黑了，一切事物变成黑色后，成为月亮身体里的黑色棺材，形容那些白色事物的黑一般的死寂和阴冷月光的残酷。

“把她，把一切被遮盖的击穿，让沉睡的血液为又一个春天竖起旗帜，竖起金黄而厚实的欲望。”

欲望为何是金黄色的呢？金色给人以重量感，而后文中的“厚实”一词，加深了读者对于金黄色的想象，于是抽象的“欲望”竟也拥有了它的色系，它随即形象、立体了起来。

余秀华诗歌中的奇幻语言、独特视角给人以惊喜。她在成名作《穿越大半个中国去睡你》中写道：“我是把无数的黑夜摁进一个黎明去睡你，我是无数个我奔跑成一个我去睡你。”“无数个我”奔跑成“一个我”，是一个奇幻动作，常人很难运用、思考出这样的语句。而这样的句子不是单一的存在于余秀华的诗歌中，而是她的特色。

如《秋天的早晨》中的诗句：“阳光刚刚抵达木槿围成的院子，叶子都落完了，一只麻雀还藏在那里，颤声吟叫，声音颠簸细小光芒。”声音如何颠簸光芒呢？细想后得知，声音和光芒都处在空气般大家共存的“公路”之上，麻雀颤声吟叫时，声波是使得空气随着声音的高低蜿蜒铺开的，于是“颠簸细小光芒”。这样的奇特的微视能力非诗人所不能觉察。

余秀华的内心深处种着一株株诗意的幽兰，以文字的余香赠予试图沾染她气息的万千读者。她的诗歌难以评价，因为它们妙不可言。她深居立锥之地，笔下的灵魂力度却能穿越大半个中国，奔赴摇摇晃晃的人间。

生活不容许我们潦草地对待

《对杰克·奥克尼的考验》一书，是英国女作家多丽丝·莱辛的短篇代表作，含十九篇作品。多丽丝·莱辛被誉为继伍尔芙之后最伟大的女性作家，二〇〇七年荣获诺贝尔文学奖，颁奖词称她为“女性经验史诗的抒写者，以怀疑、激情和远见审视了一个分裂的文明”。

翻译家裘因在译者序中写道：“在这本短篇小说集中，莱辛直面英国文明社会中的丑恶现象，如庸俗的婚姻观等。她指出二十世纪下半叶英国社会这么多问题，也是希望社会能够出现变化，以完成她改变社会的心态。”

用或美好或批判的笔触去温暖人、感染人、改变人，是每个作家的梦想，莱辛做到了。比如书中《个案随笔》一文，让人感触颇深。

故事的主角是年轻女孩莫林·沃森，一九四二年出生于北爱尔兰。她生活在社会底层，父母并不富有但对她很好，她却对父母没有什么谢意，认为这是理所当然的。读起来，这个角色让人有些讨厌，例如她认为好朋友雪莉不过是陪衬，自己才是主角。

“十六岁了。她很内行地经营着她的资本。她的资产就是秀丽的美貌和善于挑选服装，这一定是上帝给的礼物，更可能是因为她几乎从开窍以前就一直在看时装杂志。”她想借助美丽的外表嫁给公爵，表现出她生存在这个世界上的野心。

俄国文学批评家别林斯基说：“美都是从灵魂深处发出的。”莫林去国家美术馆用挑剔的眼光看画，但与其说她注重内在修养，不如说她是在抚慰自己对上流社会生活的渴望。她喜欢年轻的同事托尼，同时又喜欢建筑师斯坦利，她总是有“备胎”。她看不上这两个出身普通的人，托尼意识到这一点后渐渐抛弃了她。

而斯坦利和她一样也想找到更好的人，都想改变命运的这两个人，还是命中注定般结合在一起。他们毫不自知地开启了悲剧的人生，而当初的“陪衬”雪莉却觅到了幸福的婚姻……

《个案随笔》看似是“个案”，其实又何尝不是普罗大众的“公案”。它写出了人性的普遍弱点，一种浮躁的、功利主义的社会心态。在这部小说集中，不乏像《个案随笔》一样优秀的现实主义作品，比如《福蒂斯丘太太》，写的是一位人格尊严遭受世俗伤害的老年女性；《一位老妇人和她的猫》，写的是一位宁愿抱着猫死去、也不愿到政府救济站里“等死”的老人，因为那里不收容小猫。书中也有一些小说带有魔幻主义色彩，比如在《雪人的思考》中，一个野人偶然闯入人类的居住地，他极力要学习人类的生活方式，却最终被人类抓住做了一系列实验。

人们无时无刻不在跟世界相处，归根结底是在与自己相处。尊重自己，就是尊重这个世界。生活，不容许我们潦草地对待。

用双语卖梦想的九〇后冯翔

梦想值几个钱？夜爬家乡的琅琊山，用双语卖出无价梦想的九〇后大学生冯翔做到了。

冯翔阳光帅气，是一枚标准的“小鲜肉”，他喜欢旅行，足迹穿越大半个中国，骑行超过一万公里。

有一次他在柬埔寨的旅途中被打劫了。他去一个纪念馆时，遇到一位老爷爷。当老爷爷和蔼地对他说，你长得像我孙子。他内心挺感动的，就坐了老爷爷的摩的，没想到老爷爷把他带到山下后，他就遭到两个男人打劫。冯翔当时想了很多，没有想到他们拿走些财物后，就会放自己走。幸运的是老爷爷最后还是把他送回市里了。此后冯翔谨记，在外要万事小心。

但这次的经历没有改变他的世界观，还是觉得世界很美好。国外旅行时，他会跟每一个人说，我们都是一家人，我们来自同一个世界。他还有一个习惯，把不同国家的人的护照放在一起，拍张照片，留下各位的邮箱。每到元旦时，给每个人发送新年贺词。

在去青海湖十八潭时，又累又渴的他，来到一户搭着帐篷的游牧民族家，家里有很多女性，男性不是放牧就是外出去了。她们把最好的食物都给了冯翔，还给他水喝。她们的条件非常简陋、艰苦，但正因为这样的条件，她们的给予才震撼心灵。

在泰国时冯翔差点出家，那是在邓丽君生前最爱的地方——清迈，也是旅行的终点。冯翔坐在寺庙下两个小时，寺庙里的一位大师见到了他，问他喝不喝咖啡，冯翔就去了大师家喝咖啡。冯翔对大师诉说自己的迷茫，谈了自己的情况，是怎么过来泰国的。

大师的家里种有很多花花草草，冯翔看到，它们中一半向着阳光，一半不向着阳光，向着阳光的花儿很漂亮，不向着阳光的花儿也很漂亮。他问大师这是为什么。

大师说，人生活时，自己要掌握阳光的一面和不阳光的一面。如果把不阳光的一面放在太阳底下，肯定会晒死，如果把阳光的一面放在不阳光的一面，也会因为缺少阳光而死去。冯翔听完觉得很有触动。

冯翔是滁州人，常去爬家乡的琅琊山，上山锻炼免不了要补充水分。他想，如果有一根黄瓜吃就好了。

冯翔想到就去做，晚上大概六点时，他便背着洗好的黄瓜进琅琊山，背上去后，他站在大树底下，先用英文介绍自己的梦想，然后是中文。

他用一口流利的英语说出梦想的意义和份量，路过的游客和当地人被他的青春浪漫气息所吸引驻足。他引用马丁·路德金的演讲《我有一个梦想》其中的一句：

“我梦想有一天，幽谷上升，高山下降，坎坷曲折之路成坦途，圣光披露，满照人间。”

冯翔接着表达了自己的想法："每个人都有拥有梦想的权力，当内心沉睡的巨人醒来，你将不再忧愁、怯懦，而是充满了力量，它驱动着你勇敢前行。"今天你买了我两根黄瓜，就会帮我旅行得路走的更远一些，感谢你们的慷慨。

人们赞赏他的勇气，慷慨支持他为梦想进行双语带货的行动。

虽然没有镜头，但仍然是一场绽放人生的现场直播。每个人都需要表达自己的梦想，传递自己的梦，万一它实现了呢？

冯翔的"卖梦想"第一天生意还不错，他也很享受卖黄瓜的时光。他跟大家说自己旅行中的故事，自己一些奇怪的遭遇，点点滴滴。他说，我喜欢双语演讲，卖的黄瓜也不贵，更重要的是认识了很多人。大家跟冯翔合影，相互留联系方式。冯翔觉得这也是种很棒的旅行。

曾有人问他，你梦想是什么？你的梦想能完成吗？冯翔回答他，人之初，性本善。当一个人内心充满爱，所有的梦想都会时刻满足，生活也满足。可有了梦想要就去做，失败了又怎样，别人又不知道。

很多人说九〇后个性、自我，但从冯翔的身上，我看到了一个勇敢、坚定，能为社会着想的梦想者。

第七章

打开心门，发现更广阔的天空

文学大师的少年时代

少年时期的经历，对于文学大师一生的创作都具根深蒂固的影响。著名戏剧家、被称为“中国的莎士比亚”的曹禺，于一九一〇年初秋出生在官僚家庭。曹禺的父亲是黎元洪的秘书，黎元洪倒台后，他的父亲回到天津，心情苦闷，染上了抽大烟的恶习。

曹禺不想回家，哪怕逗留在门外看看鸟儿的翅膀也是好的。因为回到家后，家里安静得像坟墓。因为每个人都在抽大烟，每个人都那么的萎靡、颓唐，曹禺长期处在压抑的家庭之中，积郁成愤。他想通过文学去抒发他内心的愤懑之感，他急切地想挣脱这种如嚼苦蜡的牢笼。

即使是在吃饭时，曹禺也特别害怕，因为父亲会骂人。他的骂声让人无法逃脱，像雷雨般掌控全场。有一回，曹禺的父亲一脚把哥哥的腿踢断，事后只是觉得像莲藕断了那般轻松。曹禺就在这样密不透风的家庭里被封闭着、困顿着。

少年的曹禺，心里唯一的一块净土，就是到他的小房间里，读《红楼梦》、读莫泊桑、读易卜生的戏剧作品。他的母亲是戏迷，他们一起坐人力车，到剧院看戏。自此，戏剧就像一颗种子，埋在他的心里。

而少年时期，封闭的家庭环境，使得他不断地聚集自己内心的阴霾，想要表达沉积多年的不快。所以二十三岁那年，正在清华大学读书的曹禺，在图书馆写出了剧本《雷雨》。他说写《雷雨》时，情感之泉不断地向外涌流。这也是他少年时积聚的愤懑的爆发、如倾泻的洪流，在一瞬的决堤。《雷雨》写的是天地之间的残忍，让惊雷警醒酣睡无知的人们，让雨水把血淋淋的大地洗刷干净。

而鲁迅的少年又是怎样的呢？鲁迅于一八八一年初秋出生在浙江绍兴。绍兴是城市文化和乡村文化相叠合的文化名城。故乡，是鲁迅人生中的最富诗意的部分。

十三岁时，鲁迅的父亲病重，家庭也已走向衰落，他从大家族的少爷，沦为寄人篱下的乞食者。他揪着心，为父亲四处奔波，买药、寻药、采药。那时候，他的生活经历着曹雪芹描写的《红楼梦》中，封建大家族由盛至衰的窘状，这也使得鲁迅很早就成熟并走向了社会。

一八九八年，十七岁的鲁迅丧父，第一次感到天塌了下来。在极端穷困的情况下，母亲还坚持让他读书，希望他长大以后成为有用的人。但鲁迅决意要离开故乡，去别样的乡土寻找别样的人，去开启他别样的人生。

一八九九年，义和团运动风起云涌，到一九〇〇年时，八国联军带着先进武器，侵略闭关锁国、且不知世界格局已发生深切变化的中华民族。两年后的一九〇二年，鲁迅被选派到日本留学，他目睹了日本在明治维新时期的迅速发展，感叹着沉沦国土的悲怆。

一九〇五年，日本和俄国为争夺在中国的利益，爆发了日俄战争，但懦弱的清政府竟选择中立，鲁迅看到了中国人的愚昧落后。鲁迅看见了一张一群中国人围观一个被枪杀的中国人的照片，深深地震撼了他，令他悲痛不已。由此，他就坚定了弃医从文的想法。

他写道：“凡是愚弱的国民，即使体格如何健全，如何茁壮，也只能做毫无意义的示众的材料和看客。病死多少是不必以为不幸的，所以我们的第一要著，是在改变他们的精神。”

鲁迅一生都没有摆脱他少年时的记忆，这种记忆在他的心里是一种巨大的变故。

纵观曹禺和鲁迅这两位文学大师。一位是戏剧天才，一位是中国现代文学的奠基人。两位文学大师，都出生于初秋，但他们决不让悲凉的气息存活，催促人生之树零落。他们在少年时期都经历了家庭的空寂、落寞，社会环境的愚昧、沉沦。是单纯的家庭因素造就的苦吗？部分是近代中国闭关锁国，惨遭世界各国“围殴”的大环境决定的，这是他们二人不能选择的，但是他们选择用自己的笔去警醒这个世界，用自己的笔试图改善这个世界。他们要呐喊，虽然在思想上彷徨，但是他们更想以实际行动，用一声惊雷倡议民众，以一场笔尖的枪林弹雨激发国人觉醒。

曹禺说写作就是写人，没有一个作家敢说，我把人都看清楚了。写作求的就是一些希望，一线光明。剧作《日出》中说：“太阳升起来了，黑暗留在后面，但是太阳不是我们的，我们要睡了。”一个作家必须有思想、有高尚的灵魂，才能守到创作生涯中最美的日出时刻。

鲁迅写《狂人日记》，他写的不仅仅是礼教吃人的议题，也是写思想启蒙和人的重要性的课程，这一课是上给所有中国人听的。他在年少时离开故乡，重新打量人间的本意，要去寻找别样的人生，就是要拓宽自己的道路。

如果一条小路被堵住了，那他就一定要开辟一条其他的路，去走向他的罗马。用他的枪、他的笔，去戳通中国人的血肉。这个过程很痛，但若国人没有痛，他就无法意识到自己的伤口、自己民族精神意识的疮口正在溃烂。

国人必须要及时地去医治，去寻回自己丢失的灵魂，去守住自己的精神家园，而不是当一个愚昧懦弱、麻痹大意的难民。否则，就像一个稻草人一样，一直麻木的驻守在自己的田园里，固守着自己的一亩田园从日出到日落，静静地沉沦，缓缓地沉睡在地平线以下，永远无法觉醒，无法真正地去抵御外敌、改变这个困顿的世界。那即使我们活下来，与那干枯的苇丛又有什么区别呢？

文学家的伟大之处就在于他们的不甘心。他们并不甘心于自身的环境，也不甘心于自身之外的不合理、不公平的世界，他们怀着一颗怜悯的心、一份悲悯之情。没有苦难的蚌壳，就生不出美丽的珍珠来。少年时期的惨痛经历，或许会成为他们后期人生笔直大道的升华之途。

从未经历困境的作家，从童年到青年，没有任何曲折的作家，他可能只是一个时代记录者。因为他没有经过精神的地震、灵魂的阵痛，他就不会逼迫自己以笔为刀戈，去绝地反击这个从未平静过的世界。

走出去，看世界，让世界看

千年歙县始建于公元前二二一年，秦朝置县，宋设徽州府，地处皖南，与杭州交界，是文房四宝中徽墨、歙砚的主要产地，拥有“中国徽墨之都”“中国歙砚之乡”“中国牌坊之乡”“徽剧之乡”等诸多美誉。

徽州帘雨，点画成山雾，缥缈在白墙黛瓦的马头墙之上。山竹和青砖格外青，似乎是刚调好的色彩，尚未干透。油菜花和花杆恍然是黄绿色的一袭碎花裙，在风中轻柔舞动。清明雨后，烟雨徽州，有着八百多年历史的古村汪满田村，传承了六百余年的鱼灯非遗文化，多次应邀参加全国各地的民俗文化节活动，广受好评。在汪满田村，有十几户人家做鱼灯，有的专做鱼骨架，有的专做染画图案，有的专做布料。生于一九八二年的汪华武是村里做完整鱼灯的青年人，自小在父亲、爷爷的耳濡目染下，喜欢上制作鱼灯，开始画鱼灯涂料，学习祖传样式图案，运用黑、红、绿三色，做出汪满田鱼灯。时常晚上跟着大人做到凌晨十二点以后。汪华武介绍，制作一条小鱼要三天时间，一天要做八个小时，越小的鱼越难做。

来到七十三岁的汪笃胜老人家中时，他正拿着镰刀，忙着为鱼灯剖篾子，不大的厅堂前站满了来汪老家中学习的人们。汪老也从小开始做鱼灯，两岁时父亲离世，和母亲一起生活。他看着一百多岁的老师傅做鱼灯也来了兴趣，这一传承就是半个多世纪。

“最大的鱼灯要七八米，三四个人一起做，要至少四天时间。”汪笃胜上楼拿来了自己创意构思的龙灯，“二〇二四年是龙年，所以我设计了一条龙，这条龙身上是祥云。”汪老不需要画设计图，在脑海中构思好就能直接上手，可谓技艺精湛。此外，他还能制作十二生肖灯、娃娃鱼灯。不同的传承人，他们做鱼的手法风格有差异，因此做出的每一盏鱼灯，都具有独特性。在舞台上演出时，有固定的步伐，传承人到舞台上，根据舞台的形状、大小，可以判断出能演出多少鱼灯，多大鱼灯。演出有游鱼、斗鱼等不同形式的表演。

以鱼灯为主题的微电影《鱼灯》好评如潮，纪录片《不嬉不行》获得“最佳文化传承纪录片”奖，央视诗词大会上播放鱼灯演出视频，为非遗鱼灯打开了知名度，让年轻人也爱上传统非遗文化。

走出去，走向全国各地，不仅打开了知名度，也打开了销路，带动了村里其他土特产的热销，形成了文化带动旅游，带动经济发展的良性循环。歙县举办全县鱼灯大赛，鼓励创造性传承，让古老的文化，不断焕发崭新的活力。

走出去，看世界，让世界看。

两分钟成就一个人

他总是喜欢给人讲故事，并问这个故事好不好。有次他在饭桌上跟朋友说，耽误你两分钟，我给你讲个故事。朋友不耐烦地回道，都吃饭了还讲什么故事？他说，就一会儿。朋友边吃边点点头默许。于是他开始讲，讲了一会儿停下了。朋友放下筷子问，然后呢？他说，已经到两分钟了。朋友说，别停啊，继续讲，那个人后来怎么了？他便继续说接下来的情节。

又一次，他在电梯里偶遇一位老人，就和老人搭话说，您好，我认得您，已经仰慕您许久了。想耽误您两分钟，给您讲个故事。老人说，我很想听你的故事，你这股劲头有我年轻时的范儿，可是我很忙，没有时间，如果你诚心想说故事，今晚六点到 A 餐厅来，正好我跟朋友吃饭，你也一起吧。他听了很高兴。

下午四点他就到了这家餐厅。六点时，老人和他的朋友也来了。他开始给老人和老人的朋友讲两分钟的故事。当他说到两分钟时停下了，老人的朋友问，没有了？他说，还有，可是已经到时间了。老人的朋友说，我再给你三分钟。于是他兴高采烈的继续说故事。老人邀请他一起吃饭，他说，不了，我来是讲故事的。老人的朋友说，来，来吃饭，别讲了。他觉得老人的朋友可能是不耐烦了，道别之后，非常伤心地离开了。他心想，也许是这个故事不好。

晚上十点多的时候，有人敲他家的门。他很纳闷，这个时候谁会来找自己呢？他开门一看，惊呆了，竟然是那位老人的朋友。当他得知是自己的执着打动了老人的朋友时，深受感动。老人的朋友说，你的故事很好，但容量比较大，这样，你回去重想一个体量小一点的故事，再把这个故事讲给我听听。

他和一个朋友开始想新的故事，每当有新故事的时候，他就会说给周围的人听，并询问他们，这个故事有没有意思。然而不少故事的反响并不尽人意。终于有天，他从写小说的朋友那儿获得了一个原创故事，说从前有个破庙，庙里突然掉下一颗宝石——他觉得这个故事新鲜，就讲给周围人听，大家觉得这个有意思。

经过改编之后，这个故事成为了屡屡斩获大奖的电影《疯狂的石头》。讲故事的他就是《疯狂的石头》的导演宁浩。那位老人名叫侯孝贤，曾荣获戛纳电影节最佳导演奖。而老人的朋友，名叫刘德华。刘德华个人投资两千五百万港元开启“亚洲新星导”计划，培养新导演，给予新人机会，而宁浩幸运地获得了这个机会。

宁浩给刘德华说的第一个故事，刘德华觉得需要启用更大制作才能拍摄，于是让宁浩重新构想了一个在相应的投拍资金内可以完成的故事。宁浩的两分钟，成就了他自己。

你为执念梦想而走出的每一步辛劳，每一分钟，都不会浪费。

雨的状纸

天空一口气下了三天的雨，竟像我们读完一首古诗那么轻松。且都是细细密密的，像一种不知名的植物，被谁捋下了绒毛，不断地盛开在阴冷的天空。这种群居性植物若是单撇开一瓣，是看不见的，它滴落下来，几乎感受不到它的重量。

当他落在你的发丝、你的脸颊上时，他就已经吻湿了你的头发，青春靓丽的面庞。他会把你干涸的眼睛注满。我觉得，这种不知名的植物，他是准备轮回盛开的。

他的名字叫雨，滴滴答答，是他和伙伴们唱歌的声音。他们的歌声里，有哀怨，也有喜悦，有悲悯，也有嘲讽。他沾落不同的物体，就会转换成不同的心态，滴落到那疾驰的两辆相撞的汽车上时，他就放声尖叫，以另一种姿态盛开，溅起疯狂的血液，不停止争吵。沾落到书本的身上，雨水便是熔炉里流出的溶液，对人的灵魂进行伟大拷问，是鲁迅在呐喊。

我并不喜欢连绵的阴雨，因为它让我寒冷，这种寒冷带来的哆嗦时刻裹挟着我，无法挣脱。我宁愿现在是在一方沙漠上，被炙烤着，思念着一滴雨。

雨水让整个天空的能见度都放低了，但他还是骄傲地盛放着。他像一茬茬麦苗，他像一垄垄丰收的麦田，也似机器碾压过的稻米。他不停地降落，不停地告诉人们，并不是每一天都是晴天。这个世界上还有阴霾，世界的明亮，会有人把它拉暗下来。

霏霏的丝雨，是一种奇怪的植物。奇怪到整个城市或者整座乡村，都收获着一种饱腹感，一种迫切想回家的饱腹感。天晴的时候，人们并不想回家，路灯也成了馋涎的夜宵，但是他来了，他在人的思绪中蔓延。他想开裂。他让天空裂出无数个口子，捏成他自己的形状。

他究竟从哪来呢？他只是撑破了云朵的孕肚，而降临到这个世间，但是他们很快又一颗颗地流进了黑黢黢的下水沟里，流进了污秽的地道里，嵌入了看不见的土壤里，流进了一座城市匆忙的声音里，也流进了乡村那些古朴的瓦片树行间。

说不定他此刻正在吐槽着我呢，因为我正在吐槽着他。他说："看呀，这城市的人们呀！为什么他们，都那么的厌恶我呀？我只是在履行正常的生活交际，穿行过一片丛林、一座城市和人的脸上。"

有人把我比作植物。我并不是植物，我是生物，我是有生命的。每一滴雨里面都有一个世界。有万亿个分子在一滴雨里面建造一座花园，一座大厦。甚至一滴雨储藏着一段斑驳的历史。

也许一千年以前的人，他也蕴藏在这一滴雨水里，或许是他曾经的一片指甲盖，被这雨水轮回、杂糅、浸润过。这听起来毛骨悚然，可我们雨水，确实洗刷着历史。但我们洗刷不掉冤屈。雨中是否埋着怨，那种诉不出，只好隐居其中的怨，我们不得而知。

雨涵养着人类所有的记忆，有人类之时就有雨，就有我们，就有放肆的、狂妄的、永不消失的我们。

那你喜不喜欢呀？人类呀！喜欢我们也好，厌恶我们也好，我们都尽情地开花。为什么你们看不见我们开花？那是因为你们没有仔细地看我嘛！我们有多美啊，当我们滴在车窗上时，那涓涓淌着的细流，并不亚于美人香柔的发丝。我们有韵律地跳跃着，创作出交响曲，用最美的歌词给自己谱曲。

人类能做到吗？能够如我们这般酣畅淋漓吗？想下就下吗？人并不是这样。你们人要遵循很多很多的规则。要强迫自己去做固定的事情。你们逃脱不了这个世界的规则，但我们可以。甚至，我们可以在你们人类最失落的时候，淋一场瓢泼大雨，排一场惊悚的雷电戏，甚至可以把你们的头顶淹没。

但是这三天我们密密匝匝的，在全国各地都这样顽皮地下着，可你拿我们有什么办法呢？总不能让我们回去吧？哎嗨，我就赖皮了，怎么样吧？啊哈！

雨滴不下的时候，就是老天输完了骰子。

好了，该轮到我了。我这个吐槽雨水的人类。我只是觉得这个天气实在太适合感慨人生。

我并不喜欢雨，尽管我的姓氏和雨同一个音。希望干旱的人生来一场雨让我清醒。

但不能有太长的雨，我祈祷后面的几天能够天晴。

这粘人的雨水，这不安的雨水。这天空的宠儿，这天空的因子。这未知的世界除去不安的分子，所剩下的丝雨因子。这天空最钟爱的植物稻谷，流动的透明稻谷，撑起人想回家的饱腹感的稻谷。

我不想拥抱你，但是我纪念你。我理解你，我懂得你。

对话非遗传承人

大别山腹地，万亩野生映山红漫山遍野，从山脚蔓延至山顶，龙文化发源地六安市舒城县的水竹愈发苍翠拔节，清幽淳朴，千年蓼都六安市霍邱县茂盛的杞柳在淮河流域岸边，轻柔地拂动婀娜的身姿……它们的脚边款款走来这样一群人，或唱起原生态大别山民歌，回荡在山谷林泉间，撼人心魄；或剖开青竹，将典雅的古今字画编织入席，巧夺天工，或折柳成金，编织精美的柳编工艺精品，别出心裁。

大别山民歌是皖西地区广为流传的汉族民歌，具有山水相依的独特地域性，既具有山的沉稳、豪迈、厚实之特点，又具有水的流畅、悠扬、灵动之风格。大别山民歌主要有山歌、茶歌、秧歌、排歌、小调等类别。音乐上传承了上古时期的部落民谣，内容上反映了古代社会的演化过程和近代社会劳动、人民生活的发展面貌。音乐和演唱技法上均有独到之处，“慢赶牛”曲调舒缓、悠扬，“挣颈红”发音独特、声如金属撞击。其中《八月桂花遍地开》《送郎当红军》等在安徽省乃至全国都广为流传。

余述凡生于金寨县梅山镇，二〇〇八年被评为省级非物质文化遗产传承人，二〇一八年被评为国家级非物质文化遗产传承人。余述凡的母亲廖赤月于一九二九年参加红军，也是当时红军队伍中很有名气的“女歌手”。

余述凡回忆道：“我母亲是文工团的成员，当时我母亲年龄最小，只有十三岁，她跟不上队伍，就被送回大别山。我小时候因受到母亲的耳濡目染，经常聆听她唱《八月桂花遍地开》等民歌，自然而然地学会了唱大别山民歌。”

演唱大别山民歌是余述凡最大的爱好，一直陪伴着他从童年到长大成人。一九九一年，庆祝建党七十周年活动到老区金寨寻找民歌手，听闻金寨有人能把大别山民歌唱得“响彻山谷”，又惊又喜，找人联系余述凡。

当时三十一岁的余述凡在建筑工地做泥瓦匠，突然接到了消息。“当时我手上的水泥浆还没来及洗，跑得气喘吁吁就去演唱。”余述凡回忆道。专家听了他的原生态唱法，大为震撼，当即邀请他到安徽大剧院参加安徽省军区文艺调演。演出中，余述凡的一曲《慢赶牛·红军不怕反动派》获得了雷鸣般的掌声。余述凡很高兴，他第一次觉得自己的歌声得到了大舞台的认可。

在这之后，余述凡为谋生，外出打工，开过三轮车，摆过地摊，在企业里做杂活，为生活劳苦奔波，被金寨红浸染的大别山民歌成为他最大的精神依靠。二〇〇五年，余述凡受邀参加安徽卫视春晚演出，他把大别山民歌唱给安徽省的观众听，广受喜爱。

此后，余述凡陆续收到各地大学邀请，教学生们唱大别山民歌。

每次演出或授课，余述凡都很高兴，因为能把大别山民歌唱给更多人听。凭借着质朴的信念和不辞劳苦的韧劲，经过几十年的人生磨砺，二〇一八年，余述凡走向了“国家级非遗传承人”的高度。

而今，余述凡依然在大别山的山山水水放声高歌，为这份珍贵的文化遗产鞠躬尽瘁，永葆一颗炽热的心。他每每打开歌喉，像一轮红日在大别山的山川河流间，日升日落，余音不绝。

六安市舒城县地处江淮之间，境内多沙质土壤，适宜竹类生长。舒城民间自古就有编织竹席的传统技艺，久负盛名的舒席即产于舒城。

舒席历史悠久，舒城境内的战国墓葬中就有竹席的痕迹，西汉墓葬中曾出土过完整的竹席，其纹理及工艺与后世的舒席基本相同。明代天顺年间，舒席作为贡品送至京城，深受皇帝赞许，由此赢得“龙舒贡席”的美名。

苏成军是土生土长的舒城人。

十七岁在舒城县舒席厂学习剖篾技术，师承杨守道、汪守道、张定国等师父，单剖篾技术就学了八个月。

次年，苏成军在舒席厂开始学织席，一干就是三年。那时候，舒席厂很红，最忙的时候，苏成军跟在师傅们后面一天干十七八个小时的活。一九九二年，苏成军回到孔集镇家中自办舒席编织厂，一九九七年注册舒席制造厂。二〇一三年，舒席制造厂开始拓展延伸“龙舒贡席”相关的竹编副产品，比如篮子、装饰品等，通过安徽进出口公司，出口到欧洲、亚洲等国家的地区。舒席的价格在千元至数千元不等，小工艺品的价格从几元、几十元到几百元不等。

苏成军介绍道：“舒席的学艺周期时间长，仅学画、编织，就需要半年，学完所有工序至少要几年时间。”

苏成军对于传承、推广舒席非遗文化不遗余力，每周都开展“非遗进课堂”教学活动，已在中小学教了十年。二〇一七年，苏成军入选第五批国家级非物质文化遗产代表性项目代表性传承人。

二〇二一年，苏成军受邀至安徽大学教授手艺课程，在课堂上他教学生如何破竹子，“从竹到篾要经过很多道程序，首先要爱好，未来这门手艺不一定是职业，但可以锻炼学生富有耐心做完一件事。”大学生从他的授课中，不仅学习到了传统技艺，更学习到了非遗传承人的坚守精神。

苏成军就这样甘守清贫，用一双勤劳的手编织故土最美的竹卷，并不断创新。有时他去浙江大学等地学习，学成后就开始研发新产品。他是发自内心喜欢舒席这门传统技艺。传承非遗技艺，需要一种甘于平凡的坚守精神：年复一年的平凡，日积月累的热爱，成就了苏成军的不平凡。

柳编历史悠久，文化底蕴深厚，自今上溯历史达五百多年。相传北宋岳飞的副将刘琦命百姓编筐，令将士在黄岗西抬土筑台，庆贺败金兀术胜利，此台史称“贺胜台”。每逢重大的民俗节日，当地人以柳条扎龙舞凤，以示吉祥。

潘同利于一九六一年出生于霍邱县，他的家乡淮河流域的滩涂地岸边，生长着茂盛的杞柳，暗紫绿色的花朵，属柔荑花序，《诗经 · 卫风 · 硕人》有云：“手如柔荑，肤如凝脂”。它在水边迎风摇曳，如临江美人，丝丝缕缕，顾盼生姿。

“我从小在老一辈柳编匠人的耳濡目染下，受到启蒙，开始编着玩，渐渐地热爱上了柳编。”潘同利接受采访时说。

一九八〇年，潘同利利用丰富的杞柳资源，编织农家常用的筐、篓、篮等生活生产用具，并将农户组织起来兴办柳编加工厂，产品受到多方面的关注。

从一九八五年开始，潘同利注重柳编的创新，不断开发不同形状的柳编产品，多层次编织结构，让结构优化，翻新作品。一九八六年，潘同利受邀参加广州举办的国际大型商品交易会，他带了三十多个产品参展，客户选了七成的产品。

一九八七年，柳编走向了国际，出口美国、日本等国家。潘同利组织并培训当地百姓，结合市场需求，扩大队伍。霍邱周边一些乡镇，有八成的人从事柳编工艺，他们也成为了最先致富的村民。当地人把“柳条”叫作“金条”，在霍邱民间流传着顺口溜：“柳编，柳编，编来新房、编来新娘、编来小康、编来幸福……”真实地反映了杞柳编织为沿淮群众带来的实惠。

百姓们在自家土地上改种杞柳，栽种采摘后，进行深加工，它能给百姓带来不菲的经济收入，因此民间还有“一亩杞柳十亩稻”的说法。

二〇一六年，潘同利在山东济南参加了全国非遗传承人交流会。他还到上海交通大学等地培训学习。二〇一八被认定为国家级非物质文化遗产代表性项目柳编的代表性传承人。

他是编柳人，也是育柳人，如柳条般，有着柔中带刚的韧劲。潘同利和所有的皖西非遗传承人一样，有着折不断、摧不灭、压不倒的坚韧，在这片红色大地上绽放独有的光彩。

第八章

每天平凡的坚持将成就不平凡

等待茶凉

每次倒开水，都要等茶凉得温热了才喝。可在我们小的时候，倒不动开水，甚至弱小到拿不好瓷杯。爸爸妈妈就会帮我们倒好水，拿好杯子，吹吹烫开水，为我们等待茶凉一点了，才放到我们的面前。这之前，我们会时不时地问他们，茶可以喝了吗？

后来爸爸妈妈都老了，腿脚不灵便了。每想喝一杯水都需要叫我们来倒。深夜里，随时都会把我们叫醒。有的人却用不耐烦的态度说："真烦人，你早点回你的老家去！"

听朋友说，在她小的时候，有位老爷爷对她和周围住家的小孩子都很好，她长大的时候，这位老爷爷却瘫痪了，老奶奶常常吃力地拽着拖他下床，到园子里面晒晒太阳，身后是的屋墙上挂着满满的藤叶，它们错落有致，借着光影洒在他的摇椅上。

朋友特意回老家看这位老爷爷，他们没有血缘关系，她只记得在她很小的时候，老爷爷对她很好，她一生不会忘记。他和奶奶有两儿三女，都没来看他。也许是因为他们都在外地有了各自的家庭、事业，都有自己的事情要忙，所以无暇顾及了吧。

朋友仔细地为老爷爷剪指甲，他的指甲很长，全缠在一起，像锁一样，好像陈旧了生锈了，很久打不开。老爷爷口渴，但说不了话了，动着嘴唇，好像在问：“茶好了没有，老太婆，我想喝口茶。”

这时候老奶奶就懂了他的意思，颤颤巍巍地转身去倒水。没多久，老爷爷又动动嘴唇。慌忙帮他尝茶的温度，那杯茶就这样烫疼了老奶奶，但是她就当作什么也没有发生，不吹茶，把茶放在旧木桩上，静静地等待风吹茶凉。

茶杯和茶壶嘴上洋溢那纯白的雾气，好像愈来愈淡的花茶，在时光中浸泡。

这一刻的春天里没有人去茶凉的萧条，万物好像都愿意和这对老夫妻一起，依偎着青细藤蔓带来的浅浅荫蔽，在它们筛漏下的阳光里，等待一种合适的温度。

老东关的旧时光

一辆绿皮火车停在老车站的车轨上。周围秋草丛生，它忙碌了一生，在工作岗位上寿终正寝。没有人知道，它的身体里承载了多少聚散离合，没有人忆起它的心肠内，把多少梦想输送远方。

你看，它沉默了数不清的半夏，驶向光年的里程。天堂里它不再锈迹斑驳，不再荒无人烟。它热闹在旧时光的晨曦里，前行在北方的暮雪中，告别皖东的风和日丽。

爸，妈，我拿到大学录取通知书了！

儿啊，你出息了，爸妈送你上火车！皖东暖，北方寒，到了那边，好好照顾自己啊。

好嘞！

儿啊，你出息了，爸妈送你上火车！皖东暖，北方寒，到了那边，好好照顾自己啊。

妈，您都说了好多遍了，知道了！爸妈，我在学校生活费不够了，打钱。

好，我们来北方看看你，顺便给你。

不用了，浪费火车票，直接从银行转吧！

……

儿啊！你妈病了，回来看看她吧！

爸，我工作好忙！再过几个月的吧！

儿啊！你妈病了，回来看看她吧！

爸，我工作着，又要辅导孩子，好忙！

儿啊！你妈病了，回来看她最后一眼吧！

爸，我工作好忙……什么……最后……最后一眼……

乘上了硬卧绿皮火车，低沉的汽笛变成了思念那喑哑地嘶叫。轰隆，轰隆呜呜，呜呜。时间好慢，时间好慢，慢慢摇，好像回到妈妈手边的摇篮里。

家乡，好像远方，又不是远方。回来时，这么的失落，不是满怀憧憬。我回来了！妈妈，再也回不来了！

都怪这破火车！太慢了！真的吗？是人生太快，我们来不及珍惜，就匆匆撇下一切，只剩残碎的回忆？

旧时光，回不去，新的日子里，我们要倍加珍惜。绿皮火车静静地卧在轨道里，看时过境迁的风景，看变幻如云的人生。

还记得老东关遵阳街吗？还记得胡上满脸鼻涕的邻里小伙伴大胖吗？还记得第一次踏上火车去哪儿了吗？还记得最深的故土印象吗？

回忆，如漫山的红叶，不停地堆积，落进余晖，沉吟在眼眸里。

绿皮火车的车窗玻璃，破碎了成百上千条裂缝。人生也有一扇窗，它或许被心情的雾霾侵蚀过，被现实的子弹穿透过，在时光的罅隙里，是笑容，缝合了所有的不完美。

我们似深识已久

每作一首诗，都幽生一处泉眼，《春风来信》是她诗意的趵突泉。

诗集有多重？稳稳地塞进两行春风，诗语倾泻，漫出松香，明月，虫鸣，鸟啁。

诗人是一棵开花的树，每一瓣花都很轻，载着诗笺的芳香，吹拂读者的心灵。她写“在夏天，人们会凋谢得快些”那么，读她的诗，能让心灵回往“含苞待放”的清浅，葱茏。

并非春风来信，而是诗人将自己化作诗林，从四面八方如花海涌来，熏香你的魂灵。我且称为“冰凌来信”。每读一首诗，便与诗人拥抱一次。因此，我们素未谋面，但似深识已久。

喜欢何冰凌，并非因诗喜人，而是因人喜诗。一位诗人的诗，是否值得细细品咂，首先是诗人的处世态度，对每个人一视同仁，不骄，不燥，温润，平和。

仿佛，诗人向湖央投一颗石子，它潜水的时刻，就正进入一首诗的轮回道。

仿佛，将《春风来信》这本诗集掷入深涧，便会有一条求知若渴的小鱼，托举而起，荷叶为阅览桌，水藻为书签，阅完便升级为锦鲤，此生，好运相伴。

读《春风来信》，能在纷繁的世界，净化心灵。人如其诗，诗含善意，那便有了教化作用。她的诗，不抽象化，亦不是低吟浅唱，给人一种“清水出芙蓉”的天然感觉，不刻意雕饰，只涓涓流淌。

一句诗，也许会成为一个人的信条，何冰凌的诗集中，飘逸着寄寓人生信条的红丝带，系满她开花的树上，待有缘人来还愿。在她的签名本上，她送我一句“记住来往之花”。够我静思良久。

在诗歌《色彩学入门》中，她写道：“每个人都是孤岛，等着长电筒光胡乱的照射，请尽量声音小一些，不要惊动了文字后面的神。”诗的背后，的确驻足一位女神，春风中，诞下她的“婴孩”，依“岚云清流”而生，不会哭闹，却能沁入魂灵，一次又一次。

相反的，我不喜欢“假人”，写“假诗”，混“交际圈”的社会诗人，其诗也注定得不到上苍的青睐。此刻，作为《春风来信》的读者，我是盛满水的花瓶，诗集是一枝春天待放的花枝，它雍容地伸了一个懒腰，住进了我这微微皴裂的花瓶。当读者的目光随诗流化水，一位诗人，一本诗集，才真正地诞生了。

做一个独立的女子，无需讨好任何人，但内心的柔软，要有安放的地方。文字，是诗人安憩的花园。她与诗相遇已久了，我也与诗相遇已久了。此前我未曾见过她的诗，也未曾遇过她的人，只是名字耳熟能详。当我读到《春风来信》时，我误判以为与诗人深识已久了，也许这就是诗歌的热传导性。

对时代精神的灵魂发问

最初被莫言作品震撼是读《丰乳肥臀》中对分娩的女人和驴子的描写，抚着同样“有阅读感受”的腹中做踢踏运动的胎儿，如同我也在接生现场。作为获得诺奖后的首部作品，莫言十年蕴积的新作《晚熟的人》备受瞩目，十二篇小说一言掷地，壁立千仞。小说中也有一位“莫言”，以第一人称叙述视角讲身边的人和事，也在直觉创作中蕴含理性。这种理性是一种思考，一种掷地有声的发问。别林斯基曾问：“难道艺术就不需要理智和思考力吗？”莫言《晚熟的人》的艺术形象读来充满了活生生的感性直觉，发挥了文学审美感性特征，更把人物形象提升到了一个通常感性和理性都无法达到的至高的境界。

《晚熟的人》每篇小说的主人公，写的虽是具象的一个人，但读到最后会发现主人公代表的是社会上的一类人。这类人在社会中极具特色代表性，穿透了人性哲理，让人懂得了许多做人的道理。他的写作功力能够将单一的元素人物变成了数学集合式的社会现状。

如在《斗士》中，有个“破嘴”的惹事精，名叫武功，喜欢惹事，嘴巴又不饶人，但在“我”看来，他是个“夙包”，处处挑衅人，又总是挨打，更是“我们村子里一个谁也惹不起的人物”。他干了不少缺德事儿，与人闹各种矛盾，看谁都好像在跟自己作对，但还能被批准为“五保户”。

在现实生活中，也有很多这样的人物，总是不成气候，还喜欢惹是生非，他也算“垃圾人”中的一种，跟他较劲，还不如远远躲着。莫言老师在小说最后一句点明了他的悲剧：他的仇人们，死的死，走的走，病的病，似乎他是一个笑到最后的胜利者，一个睚眦必报的凶残的弱者。

在《诗人金希普》中，讽刺了像金希普那样对自身水平认识不清，盲目自信，虚伪欺诈的一类人。他们讲究排面，给自己镀“假金”，归根到底还是俗人。他们自我感觉优越，让明眼人耻笑，也让不明真相的群众被欺骗。金希普写大馒头的诗是这样的：“大馒头大馒头，洁白的大馒头，芬芳的大馒头，用老面引子发起来的大馒头……”

《红唇绿嘴》中有个在胶东半岛乃至全国都出了名的女人，名叫高参。她是“我”的同桌，但言行举止不像“我”老家里的乡民，倒像个领导干部。她有两个公众号，一个叫“红唇”，一个叫“绿嘴”，是她的武器和阵地，她利用网络“流量”和几百个铁杆水军赚钱，还做着卖“谣言”的生意。她有句经典名言：“生活中，一万个人也成不了大气候，但网络上，百个人便可掀起滔天巨浪。”当然，“我”没有买她的谣言。这篇小说揭示了网络暴力给社会公序良俗带来的危害，背后低俗的利益驱动者的嘴脸。

《晚熟的人》讲述的蒋二的故事，其实是做人的道理。蒋二在村里装傻，可以得到很多“好处”，过得舒心些，避免了很多事端。也给自己创造财富制造了机会。

曾国藩曾说做人要善于隐藏自己的智慧，推功于人。过早的暴露自己的才华，在未来漫长的岁月中，可能江郎才尽，令人惋惜。或遭人妒忌陷害，无法施展才华。晚熟的人，大智若愚，大器晚成，在沉默中积蓄自己的实力，最终能有爆发的一天，让人刮目相看的一天。

莫言也在新书发布会中说："晚熟是一个很丰富的概念，首先从文学的角度，从艺术的角度来讲，一个作家或者一个艺术家过早地成熟了、定型了、不变化了，我想他的艺术创作之路也就走到了终点。我们都希望自己的作品不断变化，希望能够不断超越自己。如果你早早成熟了，固化了，你将来的创作就在不断重复自己。"

"我们晚熟的人，要用一年的时间干出那些早熟者十年的业绩。"这句话值得细细推敲。其实晚熟者的一年，只是他努力十几年甚至几十年后，爆发出来的力量。早熟者只贪早，但忘记了长远发展，过早的曝光了自己的努力成果，看似辉煌了十年，殊不知，已被晚熟者悄无声息地追赶上了。

成功的文学作品，都有这样的一个特征——善于把隐秘的社会意图隐藏在作品的审美世界中，并赋予多重解读的可能性。《晚熟的人》便是有着多层次的深意，更用独有的风格渗入时代文化的因素，表现出时代性。莫言作品的风格美，超越时代、地域和阶层的限制，展现了较高的审美价值。

《晚熟的人》每一个故事，都有"我"的"企图"，是对当下时代精神的灵魂发问。小说中的"莫言"，与真实世界的莫言，在作品内与作品外"镜像对问"，到底这些人这些事儿是怎么诞生的，世界又怎么了呢？新的时代孕育了新的人物，新的人格，乃至新的作品，是周围的环境催化人性的变化、成长，抑或是扭曲、苍凉。

在创作新作前，莫言老师去家乡查阅了很多地方志，让自己贴近这些“问号”，他的抒写是一种表达，更是对时代的追问，用自身的经历、高密东北乡变化的人和事去观照当下变幻莫测的世界。

《晚熟的人》实际上是莫言抛向时代的一捧麦子。接住的人，思考着、收获着，旁观的人，可能低下高昂的头颅，可能直起卑微的身躯，穿过金黄的麦浪，数着一茬又一茬春去秋来的人生……

他从老红军手中传承百年根艺

金寨县根艺非遗传承人、根艺及盆景艺术家高贯友讲述了红军与根艺拐杖的故事。他手中的百年根艺，是从三代老红军手中传承下来的。

金寨根艺所有工序均由手工完成，其技艺都是靠着师徒传承、口传心授，世代相传。原料加工都采用日晒、亮干、烘干、打磨、抛光、油漆、杀菌去腐手法，自然天成，没有具体的理化指标。金寨根艺作品追求神似，行云如水，造型独特，决门独技。树根艺术造型深加工，是一项利国利民、化腐朽为神奇、变废为宝的技术。

老红军战士王金山，是金寨县长岭乡两河人，曾任长岭乡苏维埃主席，他在革命战争中因经常爬巍峨崎岖的大别山，便用砍刀等工具制作树根拐杖，方便行路。闲暇时他发现树根的造型神似龙头、凤头、鸟头等艺术形象，便和一位小红军战士共同探讨制作树根造型，一起分享制作根艺带来的乐趣。

后来这位小战士把制作根艺技术的爱好传承给了红军战士高祖宪，高祖宪是金寨县关庙乡人，曾任安徽省军区休养队队长。新中国成立后，高祖宪住在梅山镇红村干休所，金寨县原城建局干部陈柞俊和高祖宪家离得很近，每次高祖宪走出家门，总能听见一阵“叮叮当当”的敲击声，原来是陈柞俊正在拿斧子、锤子钉树根，清洗树根，高祖宪便将根艺制作技艺传授给陈柞俊，携手将根艺传承发展下去。

高贯友的师傅陈柞俊是苏北人，为支援老区建设来到金寨，他的性格开朗乐观，和蔼可亲，做树根时满怀童心般的喜悦，在金寨传承根艺有着广泛的知名度。他将半生的根艺都传承给了自幼喜好根雕艺术的高贯友。

自八岁起，高贯友便跟随陈柞俊认真学习这项百年根艺，传承老红军的精神。十一岁时，高贯友的母亲离世，父亲也为生计在外工作，留在家乡金寨生活的高贯友，与师傅的感情更是亲如父子。二〇一一年，陈柞俊的离世，让高贯友陷入悲痛，他更坚定要把这项从老红军手中留下的非遗技艺一代代传承下去。

作为一名根艺及盆景艺术家，高贯友的根艺、盆景、植物驯化专业等艺术作品先后多次荣获国家级、省、市、县近百项金、银、铜奖，荣获国家发明专利七十多项，包括根艺发明专利，如树根的防腐、杀虫技术的发明，树根炸裂或树根空心后，如何合缝的发明专利，还有园艺方面的发明专利，如水面植物种植等。

不少人想高价购买高贯友的根艺作品，却被他一一婉拒了。他目泛泪光：“它们是老区之根，也是大别山之魂，我愿意在百年后，把这一生心血凝成的根艺全部捐献国家，将红色传承艺术流芳百世。”

张岩松的诗歌电波

张岩松是一个很特别的诗人。特别到他与这个世界有些不太相融。他好像一脚把世界踢开了，沉浸在自己的诗意里。但是他又紧紧扼住这个世界的喉咙，他想从这个世界里找到属于他的架构体系。

张岩松的诗歌能够从很小的一个切口，冷不丁地震颤你的灵魂，在你心里反复的回响，迂回，荡漾，好像是永不消失的电波，在你的脑海里，永久的留存，那种诗意的感觉不会消失。也许很多年后，模模糊糊地忘记了文字，但是感觉还在，就像《硬壳》，就像《黄帝陵》《菜市上的鱼》，你很难去忘记。张岩松的诗歌作品代表着国内较高的水准，但他永远不会站在顶层去俯瞰世界，他每更新一首诗歌，就是从上一副躯壳中脱了胎换了骨，他是要对过去翻篇的、再塑的，对诗歌不断赋予新内涵的重要诗人。

在当下这个快节奏的时代，诗歌等文学类型已被边缘化了，甚至是艺术，也变得不纯粹。甚至有些艺术，带有不正常的功利性。阅读诗歌的人，究竟都去哪里了呢？写出怎样的诗歌才能够为大众所接受？很多作家都转型写了小说，包括诗人，他们写着写着就不见了。因为他们知道，首先诗歌是养活不了自己的，也不是自己文学道路上的一个强有力的证明。

《雪》中有这样一段："在野地，我成为另一类雪人，雪飒飒下着，声音正在我的身上增加血肉"……张岩松此后不会离开诗歌，因为诗性的音波已经沁入他的每个细小血管，与他血肉相连。

张岩松想创作的诗歌是没有抒情的诗歌，反诗意化的诗歌，正如他曾经引用俄罗斯诗人所说的俄罗斯的每一片树叶都有十个诗人在吟诵。所以他尽量去写不一样的诗歌，能看到事物的本质或是特殊的地方。有时候其实有些抽象，让人难以明察，但他的诗歌总有让人震惊的地方。他的眼袋很重，他脸上的笑容不是那么的灿烂，可以觉察到他的生活并不是完全的如意，但是他这个人特别热心，善意。善意才是诗歌的本质。

有时候我也在想，什么是诗歌？张岩松说，诗歌就是相当于我们走在一片密林中，我们闻到了淡淡的花香，玫瑰花香，但是我们并没看到花朵在什么地方，就像我们的语言在不断地运用，但是我们的语言含有某种芬芳，某种迷人的东西，这种迷人的东西就是诗。

当一些作家说，诗歌是最简单、最好写的时候，张岩松认为，这是外行话，他说，诗歌是最难写的。如果说"疯狂的爱尔兰将你刺伤成诗"说的是叶芝，那么张岩松是反扑过来"刺激人体的脑电波的诗人"。贾平凹谈到，文学最后比的是人的能量。每个作家都有他能量的星体，有的被过早地消磨了，有的不断地重复自己，只有少数人不断地探求自己的新星体。只是燥热的时代下需要一丝沉默的阴凉，需要默默不语的思想型读者，而不是仅为生活奔波，不给生命留下一丝诗意空间的工作狂人。《星星》诗刊的龚学敏主编曾引用一位散文作家的话:“你们写诗的人，如果写出好句子来，会惊动神灵的。”

是的，就是这样，诗歌它是一颗通感的舍利子。寥寥几行字就能够叫一亿人、十亿人通感，能够打通人与人隔膜的灵物，直接从你的眼睛穿到心底去，从这个层面上来说，诗歌是伟大的艺术。现在很少有诗歌能让我留意，张岩松的诗集《木雕鼻子》历久弥新，他尽量远离抒情，远离诗本身，而寻找生命的真谛，在寻找一种他的诗体，所以他是一个创作诗歌的永动机。我曾经试着仿写他的《今夜有雪》，末段尤其惊艳:“我依偎着火苗，一句祝福从书本里融化，流淌出来一半，又被漫天的大雪冻僵。”他说不能仿写表面句式，要模仿里面的精髓。

他也写小说、童话、剧本，画油画，练书法……总之，文学艺术是他业余生活的标签，这种标签甚至让人忘记他的社会身份是运动员、证券专家、大学教授等。剧本《情迷乌兰巴托》中的女主人公呼兰，在我的脑海萦绕不去，读后两周，我在杭州午后散步时，看到了乌篷船，还有荷塘柳叶，忽地感到呼兰会从它们身后窜出来，来到我的身边，同我讲述蒙古大草原的故事。

跟张岩松交流，一定会给你带来不一样的感觉，他是一个诗哲，诗歌观念里总是透露着哲理。他的骨子里有诗人和诗性哲学，诗哲隐藏在他的心灵里面。所以当他发言的时候，你就会忍不住被他吸引住。他的口才特别好，灵感也不断涌现，但关注他的人，却没有他想象的那样多。这是一个快节奏的、市场化的时代，他的诗歌，乃至绝大多数诗人创作的诗歌，从热情喷薄、高温炉创作的景泰蓝，到成品是被冷却的艺术品，即使更换了岁月凝练的色泽，也鲜有人问津，这是诗人的悲哀。

他的诗歌，有一种被苍松掩盖住的映山红的感觉，你必须拨开那些高大的松树，才能够看到那些岭上的鲜花。之所以这样比喻，是因为我曾去过著名的景点，名叫千年古树群，其中一棵树是安徽省境内迄今发现的最大的古银杏树，已经有一千多年的历史了，每到深秋，银杏如一场金色的雨花，随风纷扬在大别山云蒸霞蔚的多彩天空中，一树黄金一树梦。长岭乡的方乡长说，最近又发现一处新的景点，就是映山红，漫山遍野，非常美。为什么之前没有被发现呢？因为他们被郁郁葱葱的松树遮盖了。

张岩松就是这样一个人，在诗歌的黄金年代，他本来是备受瞩目的，诗歌像那映山红开得漫山遍野，山花烂漫，但是随着时代洪流的风云变幻，娱乐社会的物质追求，他又会被一些强势生长的枝杈、林木所掩盖。

张岩松就是这样一种状态，像在茂林的山林里，鲜艳的，却不出尘的映山红，但他愿意保持那种沉默，愿意像萤火虫，发出微光。不是那种强烈的灯光，坐拥一整排大部头的小说，引发全世界关注的长篇小说大师，但是我相信总有一天，他总会被更多人认识。他的诗歌像一道看不见的电波，总指引着读者，认识诗性的美好的存在。

我有时会产生幻觉，诗歌是通向神灵的秘钥。人们试图通过灵媒和鬼魂交流，而人们若想同神仙攀谈，那恐怕要经过一位熟谙诗哲的诗人。

如果诗歌是一尊玉玺，那么自由就是他最高的皇权。张岩松会把这玉玺摔得稀碎，因为他说过："文学没有定论。"一切框架似的文论，都不会束缚他的思想。他亦不想用诗歌给自己盖章，成为通往某种桥梁的通行证。诗歌对他来说，就是一种无可避免的发生。撬开他诗性的牙口，擅长口述创作的他，还有诗歌之外更大的可能。

我融进叶集夕阳的余晖里

车轮缓缓地转，窗外，穿于冬林间的一轮红日，目光炯炯，五轮出征，载着文艺家们朝圣一隅诗意的沃土。

傍晚时分，仿佛我融进叶集夕阳的余晖里，住进了文学的故乡，把我无处安放的文字摁进去。

余晖蹭在我的脸上，淡淡的妆容，在天边融化。我即将同它一起，没入大别山地平线以下。

在叶集夕阳的橘色余晖里，沉淀着皖西清代著名的诗歌世家洪集窦氏家族的诗谱，聚灵淑之气于一门，风雅祖述，前薪后火，世代相继。古人担风袖月，吞花卧酒的吟咏声，隐隐还在叶集的上空云卷云舒。

鲁迅与台静农的书信，轻轻浅浅，又沉沉甸甸。仿佛我就是身骑白马的邮差，余晖把我捎来的信笺，融化了，重铸成今天的新叶集。

台静农纪念馆前，他的第五代后人台德亮热心讲解着："未名四杰天下无争，叶集的一个小镇上，一所小学里，能出现四大才子，享誉海内外，我们要珍惜。有人说不对，台静农不光是台家的，是叶集的，他是中国的，是世界的……”

鲁迅曾在《书信 331219 · 致姚克》中这样评价台静农：“台君为人极好。”台静农富有皖西人直爽、淳朴、敦厚的性情，又追慕魏晋时代的旷达之风。纪念馆前，一枚绿叶的清新里，散发着文化百年的葱郁。

如果我是一条蚕，编织着文学的丝路，一定会偏爱叶集的桑叶，因为这一方水土已经深深嵌入中国文学版图里。“叶集有着丰厚的文化底蕴。”著名小说家陈斌先在参观建设中的新叶集时感叹说。

两位叶集籍鲁迅文学院安徽作家班同学黄圣凤、李艳，她们笔墨下的未名四杰，也曾在叶集温柔的余晖中，蘸着热泪，拥抱故乡。

作家黄圣凤在散文《生于斯，死于斯》中着墨：“北京城里有几个来自家乡的青年。他们都是在一条街道上长大，从小就在一起玩的伙伴。有从苏联学习回来的韦素园，有素园的弟弟韦丛芜，有北街的李霁野和张目寒，有南街的台静农。他们曾经都是明强小学的学生，而今一起聚在首都，有的读书，有的半工半读，各自以自己的方式找寻理想。”

诗人李艳在诗歌《未名湖偶得》里抒写：“随一串足迹，款款而行，就会遇见未名四杰，他们撒下的文学种子，在这片土地上，生根发芽，它让人的生命厚实，持重，内心不再荒芜，并且，向善向美，向着阳光升起的方向。”

在洪集镇会馆回民村参观人物励志榜，仅一地就涌现了开国中将杨国夫，中国作协副主席、著名军旅作家徐贵祥，作家穆志强等人物；在叶集区牌坊店村，村群众文化团队正在乐器伴奏中载歌载舞，桌上有厚厚的一沓《父女双双庆元旦》《歌颂祖国》手写曲谱。乡村文化振兴是乡村振兴的重要引领，在文学之乡叶集，可以真切感受到村民身上的文化自信。

会馆回民村农民文化乐园的皖西峨眉书院内，陈列着作家穆志强捐赠的皖西籍作家作品专柜、领袖著作及红色书籍专柜，皖西籍作家作品专柜中，有军旅作家徐贵祥的小说《好一朵茉莉花》、散文家黄圣凤的散文集《等一朵花开》、作家流冰的文集《何处是家园》、诗人胡世远的诗集《炊烟之上》等数百册。

叶集的夜空，是一尊永不消逝的砚台，它暗涌着动人的诗句，及文学的一切，星光熠熠下，墨香千古。我必须在梦中研磨一夜，才能从文学之乡的地平线上，一跃而起。

第九章

一味地埋头苦干
不如革新自我

《资治通鉴》与用人的哲理

齐威王是战国时期齐国第四代国君，在位时进行政治改革，修明法制、选贤任能、赏罚分明、国力日强。经桂陵、马陵两役，大败魏军，开始称雄于诸侯。并礼贤重士，在国都临淄（今山东淄博东北）稷门外修建稷下学宫，广招天下贤士议政讲学，成为当时的学术文化中心。

齐威王明辨真理，亲贤臣远小人。《资治通鉴》中：齐威王召见即墨大夫，对他说每天都有诋毁你的话传到我的耳边。又召见阿大夫，说天天听到赞美你的话，着实让人佩服。其实，齐威王早就暗中调查了原因，即墨不巴结齐威王左右亲信，把时间都赋予了百姓，让田地丰硕，人民富足，东疆安宁。而阿大夫把心思花在重金巴结齐威王的左右亲信，求得他们的美言吹捧，却让阿邑百姓贫苦饥饿，田地荒芜，对于战事不闻不问。当天，齐威王封赏即墨大夫而烹死阿大夫及替他吹捧的左右近臣。

齐威王的故事告诉我们，如果只听表面的诋毁或赞美的话，只会让自己失去判断力，事实的真相往往和表面上的恰恰相反。如果一个君王只喜欢听别人夸赞他、吹捧他，容不得一句谏言，那么他所治理的国家也不会根基稳固。如果一个人听风即雨，听到极端负面消息即刻暴跳如雷或泪如雨下，这是缺乏应对事物、分析事物能力的表现，一定要有“每临大事有静气”的气魄。

齐威王烹死小人让群臣恐惧，再不敢巧饰伪诈，向国家反映真实情况，齐国得到治理，成为天下强国。

即墨大夫是幸运的，因为不是每一个君王都赏识人才、重用人才，反而是肆意妄为的喜爱任用小人，凭借个人喜好用人，活埋真正的人才。

《资治通鉴》中：公元前二三三年，秦王嬴政十四年，秦国攻打赵国，夺取了宜安、平阳、武城。韩国派遣使者向秦国称藩属国。

韩国诸公子韩非，是中国古代思想家、哲学家、散文家及法家学派的集大成者，他精通刑名法术的学说，看到韩国日益削弱，多次上书韩王，以求进用，但韩王却没有重用他。

韩非痛恨韩国不重用贤能，反而重用那些浮夸淫乱的小人，把他们安置在与实际功劳不符的位置上，宠爱徒有虚名的人，重用没有功劳和资历、但表面善于花言巧语之人，抛弃那些有深厚学问、为国为民苦心孤诣的真正的人才，为此韩非撰写了《孤愤》《五蠹》《内储说》《外储说》《说林》《说难》等文章，后人收集整理编纂成《韩非子》一书。韩非被嫉贤妒能的李斯诋毁，让秦始皇不再相信他，韩非被交付给法官治罪，一代思想家在悲愤交加中自杀身亡。

公元前二一二年，秦始皇帝三十五年，秦始皇听说候生和卢生非议自己，因惧罪逃走，秦始皇亲自判定四百六十多人违反禁令，全部在咸阳活埋。长子扶苏劝谏道：“儒生们都是诵读孔子书，效法孔子的人，现在使用酷刑惩治他们，我恐怕天下人心不安。”秦始皇发怒，让他北往上郡，去监督蒙恬的军队。

纵观历史长河，用人颠倒黑白，庸人、小人上位，君子、贤臣被排挤、贬谪、冤死，致亡国之例数不胜数。以史为鉴，可以知兴替。我们要用历史映照现实、远观未来。

一个人的一言一行都是他本质的外在彰显，一个真正有才学的、一心为民的人如果不受到重视，任由小人诋毁、造谣、打压、迫害，整日被丢弃在角落，不理不睬，那只能是社会的悲哀、用人者的悲哀。

牵动中华心脏的旅顺脉搏

旅顺，背负辽东广袤大地的独立半岛，是中原进入东北腹地重要的海上通道，历史上的“东北之窗”，一扇铁血之窗，牵动的是整个中华民族的前途命运。

晚清时期，清政府的腐朽落寞，一味地幻想西方列强的调停，高层决策一错再错，使得牵动甲午中日战争的旅顺和国家的前途命运黯淡。

当时的日本帝国主义为侵略中国，有它虎视眈眈的军事战略，日本绕过旅顺的捷径，首先进攻朝鲜半岛，是为了避免军事风险，因为中国可以利用朝鲜半岛为“跳板”，对日军的入侵进行有效拦截。由于清军的错误决策，日军在朝鲜战场取得胜利，就像刘长富所说的：“这时的旅顺，尽管依然有着辽阔的海洋阻隔，可由于失去了朝鲜半岛的屏障，与日本军国主义的距离已大大缩短，黑色的战云，已呈倾城之势。”

《铁血旅顺》讲述了多面的晚清历史人物。在民族危难关头，出现了通过无中生有、谎报军情而升为平壤清军统领的小人叶志超，也出现了在民族生死存亡关头，力挽狂澜，异常冷静的海军人才、民族英雄邓世昌。他采用了新的战术，在敌强我弱的情况下，以尽最大的能力阻止敌人的阴谋诡计。晚清政府的腐朽，使得军事炮弹壳里装的竟然不是火药，而是灰渣、沙土和砾石。即使是在这样恶劣的情况下，邓世昌带领清军用一支装满了哑弹的武装，与强大的日本联合舰队苦战了五个小时。邓世昌准备同日军旗舰“吉野”号同归于尽，书中写道：“邓世昌手握指挥刀，健步登上舰桥，慷慨激昂地对全舰官兵说，我悲从军卫国，早置生死于度外。今日之事，有死而已，但决不能让敌人的阴谋得逞！”他壮烈殉国后，朝廷震惊，万民悲颂。

然而最震惊世界的莫过于日本人的屠城阴谋。一八九四年十一月二十一日，为了长久地统治，日本人疯狂屠杀旅顺人。万名日军不分男女老幼，见人就杀，把屠杀变成娱乐，毫无人性，街道被尸体阻塞了。“月色下的旅顺城尸横遍野，血流成河。”“大屠杀连续进行了四天三夜，旅顺城堪称万户萧疏鬼唱歌，仅有大约八百人逃了出来。”

全世界都为之不平和震惊，谴责日本这场反人类的大屠杀。比屠杀的快意更让人难以平复的是，在长达四十年的日本殖民统治时代，日本人不仅在旅顺建起了“关东都督府”等统治机构，还建立起了严密的警察体系，二十世纪初的旅顺元宝大狱是一座每天都要杀人的魔窟。

列宁在《旅顺口的陷落》一文中说：“旅顺注定要成为亚洲、欧洲乃至全世界的无产阶级的社会革命加速。”

《铁血旅顺》作者刘长富曾在北国边防线珍宝岛战斗生活过四年，他的一段话让世人明白旅顺在中国历史中的重要作用：

“十年间，旅顺作为主战场，经历了甲午战争和日俄战争两次世界级大战。两次大战，均以日本帝国的全面胜利而告终。但是甲午战争唤起了四万万中国人的觉醒，迫使近代中国发生了历史性的转折。”

屈辱的苦难的历史，在不断警醒华夏儿女，不忘历史，必要民族复兴，自强自立，才能不受欺凌，任人宰割！为了写好《铁血旅顺》，为了摸准旅顺脉搏，写好牵动中华民族心脏的历史，作家刘长富做了三年时间调研，收集资料。写作是一件很辛苦的事，但他将书写这段刻骨铭心的民族历史，留下精神财富作为自己的责任。

伟大的旅顺人民，在历史的长河中坚韧不拔，坚贞不屈，随着祖国日新月异的发展，屈辱的历史一去不复返了，愿我们每一个中国人民都不忘历史，幸福与和平的生活代代相传。

杜鹃岭上映山红

安徽省六安市金寨县，位于大别山腹地，被誉为“红军摇篮，将军故乡”，是“中国革命的重要策源地，人民军队的重要发源地”，在革命战争年代，十多万英雄儿女投身革命，临危不屈，誓死抗争，很多人献出了宝贵生命。

暖春四月，巍峨壮美的大别山脉绵延着百年芳华露峥嵘的映山红，她们翻越过高山的脊梁，她们淌过湍急的河谷，在绝壁上绽开铮铮硬骨。

映山红花海在黄狮寨、陈家寨等地漫山红遍，似朵朵红云轻拂天上人间，亦如栖居仙林的火凤凰。游人在花海中流连，在古寨的古朴与厚重间穿梭。

鹃啼双鬓雨，风动一身花。悬崖之上，一株株苍松翠柏，拔地倚天，傲然屹立。

金寨县铁冲乡杜鹃岭海拔一千二百二十七米处，万亩映山红在人间四月天竞相盛放。

映山红、紫荆花与洁白的野樱，连缀在连绵不绝的山脊上，清穹如海，涌来一浪高过一浪的粉红浪花。游人如织，一位从河南商城来踏春的奶奶，见到漫山遍野的花海后，激动地说："在这里能多活十年！"

杜鹃岭上蜂环蝶舞，清荣峻茂，远远望去，山崖石缝中，也有顽强的石花倔强地探出骨朵，那是它——坚贞不屈、傲骨铮铮的映山红。

一九三四年以后，红军在铁冲乡进行了长达三年的艰苦卓绝的游击战争。映山红也仿佛是英勇牺牲的红军的鲜血染成，在春暖花开的时节，愈发明艳夺目。

风，把花瓣一个挨一个铺满长江水，春水碧绿如玉，似被皎洁的月光洗涤过。杜鹃岭上翠色欲流，鸟语花香，不经意间就走入了一幅千里山水画卷中。置身其中，如同嵌入了王维的名句："明月松间照，清泉石上流。"

再往长江河与杜鹃岭深处走，只见花潭似雨，飞泉如雪；深涧悬流，如鸣佩环。一泓清瀑飞泻如练，与山谷花香交映成画。引得游人驻足，久久不愿离去。

倘若古人访南谯

南谯，千年亭城滁州的东南要地，与六朝古都金陵遥望，是我眷恋的故乡。南谯，有数不尽的美景，道不完的人文历史。然而，如何抒写才能表达南谯之美呢？若心中有位奇人指点，则不必费神。恍惚中，与我一同乡行的，不仅有滁州现代的名人雅士们，还有古代诗人。他且吟诗，我则翻译。

暮色南谯扮金妆。秋之暮色的南谯，用金妆铺就一桢桢云舒霞卷，这儿钟灵毓秀，隽永如诗。

轻烟柳影水徜徉。在秀色满庭的姑塘新村，荷塘里碧波徜徉，和风清吟，岸芷芳菲，轻烟柳影。

秋草连茵水连山。大柳古民居里“厚德载物”的牌匾和大红灯笼高高挂起，浮雕栩栩如生的石制马槽里，沉积的雨水安然躺睡。大柳草场的草坡是秋天的脊背，柔软的草顺势生长，起伏翻越。水鸟掠过草场之间河面时，留下两行浅浅水痕，细密的水花在跟随鸟儿的翅膀畅行，似乎要穿过身旁的山脉。

丹枫渐落溪渐转。空山新雨之后，黄埔山的五角枫在橙黄之间蜕变秋冬的妆容，落叶满地即将深入土壤，换成新一层的沃野千里。眼前山路弯弯，高大的灌木遮天蔽日，好像游人头顶的亭亭华盖。一场丝雨让溪边的蘑菇露了脸，青鸽在半泛秋黄半还青葱的草阔觅食。

水墨裁画蔓剪丝。举头向这片天空望去，好似多了一幅浑然天成的水墨画。丛木之间翠蔓妖娆，在向着最接近阳光的地方徐徐攀援。清流关那儿有蜿蜒的树根裸露在青山岩石身边，和灌叶私语，跟雨露攀谈，好像不甘埋在晦暗的泥土里。在北关新农村，远山近水滋养着南谯人，秋日午后闲暇时光，在水库边静坐垂钓，边赏粼粼湖光，边享受人生静谧。

菊香扑粉泉抹脂。一股浓烈的花香沁入心扉，原来是来到了滁菊产业基地，平时曾品过滁菊，可它们的自然风貌又是怎样的呢？即使是最心燥的人，也会被眼前的景象融化，变得跟这洁白的菊花一样柔软。满目的滁菊生长浓密、连叶而拥，正如传说中的碧霞元君发髻上的白玉串珠，从仙界洒满人间。双洪公园彩色的喷泉流光溢彩，装点迷人的南谯秋夜。泓泓柔波好像抹上了的仪态万千的虹妆，又似青丝红绸披在了清泉肩上。

翠山蓝旗白帜天。抵达长城影视基地，似在梦里看见了华表上的蟠龙、望天吼，翠碧而葱郁的山脉设为它的终身背景，而天幕是华表周围流动的蓝旗白帜，蓝的是琉璃天，白的是丝绸云，在滁州南谯这一方“江淮翡翠”的地图上，熠熠夺目。阅完了乾清宫，踏上了更远的梦旅，在一丛淡紫色的大蓟身后，掩映着明清徽派建筑群落，灰瓦白墙，水韵悠悠，高低错落，间序有致——眼前的江南温柔乡除却这黑白雅韵外，蓝盈盈，清凌凌。

青松羽苇田垄间。在去往南谯山山水水的车程上，青翠的马尾松占满了山岗，羽白的芦花如不尽拂尘，倒退在田垄山坳间，静扫暮光之秋。

白璧茶花蝶采忙。在施集茶园，带着淡淡的碧玉的白色绿茶花，正绽放柔黄的花蕊，蜂蝶竞采。远远望去，壮观的山茶梯田里，一丛丛茶树井然有序地安扎在皖东土壤上。

葡萄泉边凤草香。在孙岗新村有着闻名远播的葡萄泉。葡萄泉的泉眼在泉水井底，泉水涌动之时，好像一串串自然生长、水灵灵冒出的葡萄，故因此得名。葡萄泉还有个神奇的功效：在泉水晶莹清冽的时候说明第二天是晴天，泉水浑浊的时候说明第二天会是阴雨天。青黄色的凤尾草生长在布满苔藓的泉水井边，好像在够那“可口”的颗颗葡萄。葡萄泉边有一对高大的枫杨，它们的枝桠盘曲交错，相依相偎，好似秋冷后拥得更紧了。

南谯乡行后，同古人道谢，他却摆摆衣袖道，这是你幻想中的我作的诗歌。这才发觉自己是想借着古人的心绪慵懒一回。

就算整个世界遗弃我，艺术睬我

偶然的机会，在一次交流会上结识了“农民作家”王良炳老师。他是滁州市施集镇人，在施集工作，业余时间爱练竹笔书法和写作。不久后的一天，他邀我为他的竹笔书法提意见，他说大多人都只对他提优点，他渴望进步，希望听到不足之处，言辞恳切。这令连竹笔都不曾见过的我受宠若惊。我曾经学过多年绘画，但画作不够精深，单为他“敏而好学，不耻下问”的举措感到讶异。

从交谈中发现，相比文学，王老师更钟情和执着于竹笔书法，他日夜钻研，只要有交流进步的机会，都不愿错过。就算是练习书法之外的时间，他的思想像一只凌空的笔，在心纸上行走，待蘸墨成行。

谈到竹笔书法，不得不提到“五十亿人一支笔”的竹笔书法大师李国桢，其作品现已被五十多个国家和地区收藏。我曾有幸见到李国桢的字，他写的龙、凤、鹤的字，分别有这三种神物的精气神韵所在，有画面感和意象美，类似象形字，让人一看就感到有灵气。便和王老师谈到，李国桢老师的字令人过目不忘，深烙脑海，有画的美感，写出了灵魂。而您的字，阅后单觉得好，却看不出灵魂附字的国桢老师的书法感觉。

他听后深锁的眉头疏散开来，说我的这句话启发了他，他说书法的“法”就是其中道义，他叹自己书写的是字，尚未到“法”的境地。他感慨于自己的书法，而我感慨他二十多年来的坚持，且不论他的艺术成就是高是低，他如此渴求进步，竟请人来家乡批评自己的缺憾。这是让我动容的地方。

他平时会在离家不远处的专门用来写字的两间小屋里练习竹笔书法，就像每天要吃饭一样，不写就“饿”。他说乡村的夜特别安静、纯粹，能让人心沉淀下来。说自己常在夜晚一个人去小屋用竹做笔，挥就艺术的梦。说完我看着他，他可能是从我的眼睛里看透了内心想表达的话，忙说：“你别担心，我在生活上和家人是融为一体的。”

岁月是神偷，让多数人猝不及防，他的青春很快在文艺道路上消磨，但有句话说得好：生命就应该浪费在美好的事物上。当艺术是不赚钱的奢侈品时，周围务农的、经商的，或是文化人都对他的“傻气”或讥讽或劝导。他也得工作，挣钱养家，长时间搞艺术，就没有机会赚更多的钱去养家。

他曾放弃了去鲁迅文学院进修的绝佳机会，放弃远赴国外学习书法的心愿，为了很好地照顾、陪伴家人，他在隐忍，在艰难中依旧坚持他的艺术之路。就算不是天赋异禀，就算没有殷实的家族背景，单有一颗单纯无私、低调安静的从事艺术的心已足够完满，他无名，朴实无华，执着地深耕文艺的稻田，相信他来年可以收获满怀的金灿。

他视角独特，去周庄游历时，感受到现在的周庄只剩下一个小时的周庄。我诧异询问是怎么回事。他说这一个小时是七点到八点的时候，晨曦照进江南水乡，没有第一或第几的美誉压身，只是静谧的在淡淡的金色阳光中吸取融融暖意。但八点过后的周庄便过着不属于她的世界。因为那时候是周庄的“经纪人”们收取门票的时间，在仅一米多宽的古镇小径中，挤满了慕名而来的旅客，娴静的周庄被过多商业化气息所搅扰。

我听完这样的观点，陷入深思。不仅是王老师，国内不少媒体、学者已意识到了令人堪忧的商业化周庄。她像是一位绝世的才子或佳人，显赫天下，却常年为名利气氛所绕，盖过了本味。

白天里，周庄是被欣赏、被慕名的。夜晚，她才安安静静，对月呢喃。

可是，就算她没有名，依然如初，有了名，或许在外诱中变味了呢。

从艺者，在能应付正常生活的条件下，应不计功利、摆正心态去创造艺术。就像王良炳老师，常与文艺寂寥相伴，却用火热的心态去面对一切质疑、不幸，抗击挫折、冷嘲热讽，有着一副“就算整个世界遗弃我，艺术睬我”的灵魂。

第十章

做一个温暖的人，不负岁月深情

每个人的心里都有一座动物园

严歌苓的《穗子的动物园》，带给我一种全新的体验，此前她写了很多家喻户晓的小说，而这次是十二篇散文和两篇小说编织而成的特别的故事。

当我们看到面对小动物而谦卑无措、柔肠百结的严干事时，她不仅是一位作家，而且还是一位非常有爱心的女子，她的心里住着一个小女孩。

书中写道："枪响了，不远处一只美丽的黄色羽毛的鸟扑棱着翅膀，落到树枝上。在树枝上，它仍然奋力扑腾着翅膀，还活着！我跑了过去，抱起受伤的小鸟……"

每个人的心里都有一座动物园。她写布拉吉和小黄，写麻花儿，写小燕子，写潘妮，写张金凤和李大龙，写乌鸦，写猪王，当她用细腻的文字将它们逐一呈现的时候，我是带着一种欣喜和好奇去阅读的，可是当我读到可利亚在非洲的故事时，突然感伤起来。

为什么感伤呢？因为小动物们陪伴主人的时间都有限。主人总是会经历他们一个个的死亡。

由此想到自己曾经养过的动物。我养过一只兔子，名叫小灰。我买它的那天，特别开心，在去外婆家的路上看到了它。从二〇一三年到二〇一六年，它陪伴了我整整三年。

可是，当小灰离世的时候，我不在家，我外出考试了，为梦想而努力。等我回来的时候，它的笼子、它的房子已经空了。然后我大哭起来。几天后，我梦见小灰站在一个灰瓦的屋顶上，依依不舍地看着我。我想，它是在托梦与我道别。

它离开前的一段时间里，我常常复习看书，由于没空喂它，老爸帮我养它，带它去凤凰坝水库放风、吃青草。

小灰走后，我再也没养过动物。因为，我害怕面对朋友的死亡。

阅读这本书的心情，从最开始的温馨，到感动，到触动自己的记忆，到合上书本时，很多种心情混合，抚摸着我心灵最柔软的部分。这本书写的不仅是穗子的动物园，更是每个人心里的一座动物园。好书都是通感的。

每一次，当严歌苓经历她心爱的小动物永远离去的时候，那种手足无措的感觉，让人心颤，但她尽量克制自己的情绪。这样的书，看似是好写，但实则不好写。首先，要面对内心的失落，生命的陨落，动物也是生命，它给我们带来多少快乐，当它们离开时，我们就有多少失落。其次，需要将每个动物都写出不同的性格来，它们陪伴着严干事的生命轨迹，不同时期，与不同的动物相处的情境和心境也各不相同。最后，一个动物即是一片风景，汇集成一座动物园，需要耗费不少的心力和笔力。

在书中，严歌苓是严干事。为什么叫严干事呢？严歌苓二十岁出头的时候，是铁道兵政治部创作组的创作员，扎着一根马尾辫，穿着碎花衬衫配蓝色军裙，当时她的装束一半是当兵的，另一半是老百姓。她一下到铁道施工部队，人们就喊她严干事，严歌苓觉得这个称呼比较荒诞。但是大家觉得直呼其名吧，会觉得有些造次。有些人说叫老严吧，她又不老，所以就叫她严干事。

严干事有一只狗叫张金凤。张金凤是一个温柔的，又低调谦和的狗。但是，当外出回来的她得知张金凤被人打死了，而且伤痕累累的时候，她悲愁无措，气愤不已。

严干事开始怀疑自己，悔恨自己的行为，为什么要把张金凤从农村带到北京来养，别墅区里都是名犬，一只土狗，不免被人看低，它温和的性格又不像李大龙的驴性子。怎么会，怎么会呢？

严歌苓，有着翻手为苍凉，覆手为繁华的写作的本事。

她执笔的风格，会把你带入她营造的意境当中，极具电影画面感。也许是因为她做编剧的功力吧，她的散文也有种小说的感觉，她会把你带入到那段往事中。

她的散文并不散，而是有着明确的主题，动物是很单纯的，而她能够透过动物写出人性来，打动人心。

在布拉吉和小黄的故事中，有一次她找不到小黄。她问外婆：小黄是飞走了吗？外婆回答，说不定。她又问：会不会给猫吃了呢？外婆没有回答。

小黄是一只小鸟。她从枪口救下的受伤的小鸟。从鲜血浸湿身体到展翅飞翔，她们之间有了浓浓的感情。

有一天，她寻觅不到小黄的踪迹时，如同她想象爱狗张金凤惨死的样子，她宁愿不曾与张金凤相遇过，也胜过张金凤落得这样不公的结局。

严干事非常善良。她见不得动物被禁锢的那种感觉。当她去农村看到被原来主人用铁链拴着的，在外冻得瑟瑟发抖的张金凤和李大龙，就带着它们到处去溜，并领养了去。

作家把动物对人类的心理，对同类的心理，都揣测得非常明晰。仿佛，她就是那只动物附了身。

由此书可见，严歌苓是一位爱动物，爱自然，对万物，对社会观察细致入微，内心充沛的作家。

潘妮的名字源于《荷马史诗》，严歌苓写出了它叛逆的性格，它也是高冷的猫美人，拒绝了众多求爱者，守护着一位又老又残的一位伙伴老坎，老坎年轻时很像中华田园犬。潘妮每天守护着它，结果老坎永远地走了。它的情绪低落了起来。后来，潘妮喜欢一个经常做客严干事婆婆家的女教授，潘妮渐渐走出了阴郁的情绪，恢复了正常的生活。

严歌苓把动物的情绪，动物的生命，通过以小见大的写作手法调度出来，她写动物，也是在写人。

除了人类，动物何尝不是一种有血有肉的生命？

人有时候会忽略动物的情绪，只顾自己。而动物始终是那样的忠诚，它们有自己的信念，有自己的喜好。最终它们又会落得怎样的结局呢？这些严歌苓都能细细的梳理下来。可见她的内心根植着一座动物园。这座动物园是我们每个人心里都住着的。我在童年时，也有一只小黄。小黄是一只刚从蛋壳里孵化的小鸡，不是严干事的小鸟。却都是我们童年的美好记忆。

我的童年里的小黄是毛茸茸的，黄嫩嫩的，但最终没过多久它就死去了。我将它埋在自家的院子里，我想象着它变成一堆瘦小的枯骨。后来，院子里又种上了蔬菜，种上了葡萄藤。

不管世界怎么变化，每个人的童年，都会有一些小动物。

来到这个世界上，我们接触的生命，不只是人类，除了人类还有更可爱，更单纯的生命。能够启迪我们的心灵，陪伴我们慢慢成长。

它会成为我们心里永不落幕的伊甸园。

严歌苓的转型之作，有它存在的积极意义。作家转型动物题材开拓另一种人性，这是一个特别的思考人生的角度，让我们看到了一个不同的严歌苓——一个长大后迁居海内外生活，喜爱小动物的作家。一个对万物体察入微的动物饲养员。一个出身很好的女性，父母亲，包括她的长辈，亲人，文化水平素养都很高，反倒容易让世人觉得，严干事的灵魂里可能不会是那么爱动物的人。因为她的笔下已经有文字的精灵。

她的篇章里的每一枚字都可以化成栩栩如生的精灵，天使般光彩耀目，陪伴着她，也渗透着亿万读者的心。

她的才华，她的经历已经足够让她去忙碌，她的心灵已描摹出上百个经典不朽的角色。但是，她还是愿意去照顾动物的吃喝拉撒，给心灵空出一座动物园来。她愿意去抚摸垂死的动物老坎。她是唯一一个愿意摸它的人，不管它身上有多么脏，她永远不会嫌弃它。

热爱生命，敬畏生命，尊重生命。

这就是令人钦佩的地方。

一个作家的心灵深处，应该是纯粹的，如果没有纯粹的心灵，如果只有浮华，只有追名逐利，迎合世人，又如何贴近人心，嵌入灵魂?

而动物心，何尝不是另一种写作的题材呢？动物也能给予人类以不同的启示。

请找到属于自己内心的那份善良，纯真，原始，宁静。我想这才是生命的意义。

最美教师的热血青春

有这样一位青年人民教师，他和其他的老师一样，像一束明媚的阳光，将目光、关怀，都集中照耀在学生的身上，让学生们感受到“每个人，都有属于他的光。”

打开尘封心事的学生的心门，指引他们走向广阔的花圃，种下属于他们的理想之花。每一届学生，通过三年的努力学习，有的学生步入大学校园，有的学生凭借在全国、全省的技能大赛获奖证书，获得名企的高薪聘请，拥有一个有思想有担当，有知识有能量的青春向上的人生，从而反哺老区的发展，远离贫困的循环往复。

他叫苗强，生于一九八九年，是六安市的“最美教师”。

二〇一四年，金寨职业学校在成立运行之初新增了物流专业，他在专业教师少，又要承担班主任工作和二十多节教学任务的同时，担起建设物流专业的责任。他总是说“不做则罢，做就要做好。”用年轻的肩膀挑起新生班主任和教研室负责人的重担。

专业和实训室的建设都不是简单的事情。为了使自己更全面地掌握物流专业相关的各方面知识，建设好实训室，他几乎把自己工作以外的百分之百的时间投入到专业建设的培训和学习之中。工作日要备课，要进行常规教学工作，还要管理班级，可以利用的只有周末和节假日。他不怕，主动找学校领导推荐到兄弟院校去学习别人的实训室建设。

二〇一五年，学校申报两项安徽省中等职业教育质量提升工程项目建设获批准。申报两年来，励精图治，积极准备。二〇一七年的暑假迎来了中期评估验收，两个项目共有几十盒档案需要按要求进行整理装订，考虑到其他老师家在外地，就只身一人在实训室埋头苦干了几个日夜，饿了就订外卖，累了就在椅子上趴一会儿，或垫一个纸板，就在地上眯会。

有一次，由于他工作太专注，不小心将头撞在了铁皮档案柜的尖角，顿时鲜血淋漓，但他第一反应是忍住疼痛整理手中材料，他的心中有一个信念，那就是把教育事业融进骨血中，把个人安危置之度外。直到他将材料整理完，才跌跌撞撞地来到医院包扎。此刻，他已头脑发昏了，但脑海里还惦记着工作的事。

苗强老师自二〇一四年入校以来，一直担任班主任工作，作为寄宿制学校的班主任，工作琐碎而繁重。部分中职生行为习惯差，青春期叛逆，学生的衣食住行，吃喝拉撒，事无巨细，点点滴滴，都需班主任操心。单身的时候，他和学生们住在一起，和学生同吃同住同活动，丝毫没有老师的架子，有学生叫他“强哥”。

从教五年，他送走了金寨职业学校物流专业第一届毕业班，又开始了新一届学生的教学工作。苗老师耐心指导学生叠被子、拖地，不定时监督检查，班级同学从最初的小懒王慢慢变成生活小能手。班上大部分是留守学生，父母多是外出务工，家庭管教不到位，忽视了与孩子的心理沟通与交流，学生的人生观、价值观需要被正确引导。他通过电话、QQ、微信等通讯方式与家长沟通，汇报他们在校情况，帮助学生们健康成长。

班里有一名智力不高的学生，她家是贫困户，每年可以享受国家助学金和雨露计划，但是由于她的父母都是农民，网上申报有困难。作为班主任，苗老师每次都积极和村干部取得联系，不厌其烦地帮助这位同学办理资助事宜。还有一位同学因患有癫痫和低血糖，每次患病，父母都不能及时赶到身边，苗强老师总是在第一时间把他送往医院，做检查，打点滴，一陪就是一宿。二〇一七年的一天，当苗强老师在办公室加班的一个午夜，他发现屋顶正在漏水，他便把被浸湿的电脑全部拆卸，进行检修。

他是良师也是益友，教育是爱的事业，教师是爱的化身。他以身作则，言传身教，春风化雨。他的爱人张凤玲老师，同时也是金寨职业学校旅游服务与管理专业教师，给予他忙碌的工作以理解和支持，他们在感情上相濡以沫，在工作上相互鼓励交流，扎根革命老区金寨县，为教育脱贫事业携手前行。

作为一名青年教师，苗老师虚心地向富有经验的老教师学习，同时自己也认真钻研，精益求精。物流专业的实训教学相对较复杂，叉车技能课对教师和学生的要求都非常高，在教学的同时，还要注意学生的安全隐患。

这样一门危险系数较高的课程，他自觉一力承担。由于叉车场地是室外的比室内教学要复杂得多，苗强老师或冒着烈日，或冒着细雨，甚至冒着冬日刺骨的寒风，在场地上手把手地教学。

随着学校加大对教育教学改革的力度，在专业课程教学中，他不断创新，结合企业用人要求，结合学生实际情况，因材和因人施教，有针对性和技艺性地培养学生的动手能力，做到理论与实际相结合，切实与职业学校学生的实际情况相联系。在教学中，每个教案的项目设计，每节课的内容安排，每次作业的具体要求，他都要反复推敲，不断完善，为的是给每个学生最新、最实用的知识。

自二〇一五年始，苗强老师带领本专业教师团队和专业学生积极参与安徽省历年中职技能大赛。从最开始没有设备，没有软件，到一步一步的筹备、学习，不断向企业咨询，完善物流专业的实训基地，组建大赛团队。在深圳学习期间，苗老师因为颈椎病回金寨住院，在住院期间，还会顶着疼痛从医院过来看学生们的训练，学生们看着他手上戴着的住院手环，感动的泪水模糊了眼睛，更加倍努力的学习。

苗强老师勇于探索教学方式，提高学生学习兴趣。对于胆小的学生不敢上叉车操作的，他总是积极鼓励，循循善诱。对于敢于尝试的学生，激发其潜能。

苗强老师的学生王仰广于二〇一八年获得全国职业院校技能大赛二等奖，优异的专业技能让他于二〇一九年被黄山学院本科免试录取。暑期休假的他受到苗老师的影响，还在孜孜以求的学习着，回忆与苗强老师相处的点点滴滴时，他动情地说道："刚开始进入学校，是因为中考不好，又是职业学校，心理上没有信心。与苗老师的相遇，是在一堂叉车课上，我对叉车有兴趣，听了一下午他的课，他看见我对此感兴趣，便在后来找到我，我其实是二〇一六级的学生，他当时带的是二〇一七级的学生，我本不属于他带的班级，但他想挖掘我的潜力，培养我参加大赛，便找到我的班主任和学校，进行沟通。他非常重视对大赛的准备，常常带领我们训练到十一二点了，都一直陪着我们，训练周期中会遇到瓶颈，我们便集中研讨，全面分析，相互配合沟通，思考进步，而我们回去休息后，他又继续准备教学工作。苗老师善于发现学生的特长，根据学生的家庭情况和个人情况，对他们鼓励、培养，激发学生的潜能和信心。他对教学有浓厚的热爱，对学生有诚挚的情感，遇见苗老师，是我此生最幸运的事。”

苗强老师的学生李炎林于二〇一九年获得全国职业院校技能大赛二等奖。在谈到苗老师时，他心怀感恩地说：“我跟随苗老师训练有两年时间了，在这段时间内，我收获了很多在书本上学习不到的知识和技能。一直留在我脑海中最深刻的一件事，是我们集训队在凌晨还在训练，苗老师一直陪着，而且苗老师第二天早上五点就要起来值班，但苗老师从来没有在我们面前说过一句累。训练中期有一段时间我想过放弃，但苗老师对我说：将来的你会感谢今天拼命付出的你。以前我是一个很内向的小孩，觉得我的人生可能就会如此的平淡，但是通过苗老师的教育，感觉自己的人生越来越精彩，对未来充满期待。”

大国工匠精神是时代的召唤，民族的呼唤。中华民族对工匠精神的敬仰、崇尚、追求已融入血液中，成为民族文化的自觉和习惯，一技一品，精益求精，上百年，几百年风尚不变，才造就了大国竞争力。

苗强老师总是精益求精，拥有更高更远的理想。他希望在平凡的岗位上做出不平凡的业绩。

深耕将军县文保事业的“老黄牛”罗勇

他是领导眼中“默默无闻 甘当配角”的文物事业奉献者，是同事心中“关爱青年 率先垂范”的全能型文物事业“大神”，是百姓口中“踏破鞋底 寻寻觅觅”的文物保护担当者。敦煌的女儿是“一生择一事，根入莫高窟”的樊锦诗，金寨的赤子则是“文物如浸骨，不保痛全身”的罗勇。

一九六六年出生的罗勇，是土生土长的安徽省六安市金寨县人。他有着憨厚和善的笑容，给人亲切感。一九八五年，十九岁的罗勇参军加入上海市武警总队第五支队，协助上海市公安局维护社会治安，担任摩托二中队七班班长的他以全优成绩毕业，三年半的军旅生涯磨砺出他坚强果敢的意志。

一九八九年，力求上进的罗勇成为一名中国共产党党员，退役后分配到金寨县文物管理所工作。一九九〇年，他跟着文管所的后老文物人余嗣彬学习，一起乘坐三轮车到金寨各乡村进行田野考古。

一九九二年，在进行文物调查时，前往鄂豫皖省委会议旧址（胡氏祠），来到豹迹岩村，面前没有路，他翻山越岭三四个小时，中午来不及吃饭休息，就调查走访群众，对胡氏祠做了最早的基础资料收集。

常年地起早贪黑，翻山越岭，走家串户，田野考古，他的鞋底总是被磨烂了，他缝缝补补，继续踏着旧鞋上路。如今，金寨所有的不可移动文物点都被他走遍了，踏出了道路，苏维埃红旅小镇汤家汇的遗址他一年走了三十多趟，对所有文物点如数家珍。

二〇〇七年至二〇一一年，全国第三次文物普查工作期间，罗勇的业务能力成熟稳重，独当一面。普查期间，他和同事们收集到了金寨县六百八十处不可移动文物点，最古老的甚至可以追溯到新石器时代。为了更好地在文物登录系统上录入普查工作所需的资料，他自行购买电脑并自学使用。在调查古关寨果子园乡双峰寨时，面前的路上充满了荆棘茅草，罗勇在一步一步向上爬的时候，衣裤、手脚被划破、划伤，裤脚上爬满了蚂蟥，他却从不退缩，总是笑着说："这都是小事"。

二〇二〇年夏季，金寨遭遇极端暴雨，引发山洪及内涝。但在鄂豫皖红军纪念园里的金寨县历史文物馆内，有国家一级文物、二级文物等一大批馆藏文物，面对爆发的山洪，罗勇和同事们非常着急，他很清楚，文物最忌潮湿，容易导致发霉，造成不可挽回的损失。罗勇充分发挥党员干部先锋模范作用，不顾过腰深的洪流，带领同事们一起疏通河道，冒雨拿铁锹等工具，用沙袋阻挡洪水，奋战到半夜，最终抢救了珍贵文物。罗勇却在持续的大暴雨中被淋成了重感冒，高烧不退，他却还在心心念念红色文物的境况。

二〇一七年夏，金寨县重要的县保单位——位于关庙乡大埠口的鄂豫皖省委会议旧址陈氏祠岌岌可危，马上就要倒塌，罗勇看到这个情况非常心痛。当即起草文件，多次向政府争取维修资金，最终争取了一百七十万元资金，他很快做好方案，联系古建筑设计维修单位，带人调查、测绘，将陈氏祠维修好。

二〇〇六年夏，巡查立夏节起义策源地旧址（穿石庙）时，发现有香纸、蜡烛等易燃品都堆放在屋子里，罗勇去检查后，把它们一一搬走。发现电线存在安全隐患时，也及时切断电源，并安排全面的排查整改。红二十五军、红二十八军合编旧址胡氏祠所在的汤家汇镇豹迹岩村的村民胡勋修，文物安全意识不强，经常在文保单位内进行祭祀活动，罗勇多次去他的家中谈心，从对家族影响到文保重要性方面劝说，胡勋修渐渐地被他的观念所影响，转变思想，成为一名文物消防安全管理员、文物保护员。

罗勇总是认真学习并思考，坚持两个月吃住在村。二〇二一年，罗勇带领文物专家，走遍金寨县经济开发区，在全省率先完成县级经开区文物资源区域评估工作。积极参与立夏节起义旧址大王庙的布展设计，对于帮扶村槐树湾乡兴田村的文保工作尽心尽力。连续两年获得金寨县脱贫攻坚先进个人，对于文物工作总是默默无闻、认认真真地完成，淡泊名利，潜心探索。

他为文保事业奉献三十五载青春，将红色老区的文保事业融入骨血。他毅然翻山越岭，寻寻觅觅，踏破鞋底，开辟道路；他不畏荆棘刺骨，洪流过腰，率先垂范，倾己所有；他果断抢修文物，深入群众，振兴乡村，讷言敏行。他是深耕大别山革命老区金寨县文物保护事业的“老黄牛”——罗勇，一个用千万脚印绘制金寨县红色文保单位地图的文物工作者，一个值得被深深铭记的名字。

诗人思想里最亲的面孔

诗人，是何模样？身居何土将字播撒深种诗园？

回顾古时，多少能诗善赋之人，不见其人，不闻其声，或贫无立锥，或山栖谷隐，或怀才不遇，唯有轻捻诗句缝补心上，如黑色枝桠点点，附着北国之惟余莽莽。不懈亦无怠，只为守住一片千古永不磨灭的诗词家园。

而今诗人，又是何种模样？有一千种点墨，在他们的心水之湄处层层晕染开来，渐渐成为诗人的风格。抒写纸上的字就是刻在心上，流的墨就像流的心血。我想，诗，正是诗人思想里最美最亲的面孔。读其诗，如见其人。

第一次“见到”诗人陈建正，是他以诗情和着颜料勾勒的唯美油画——《两只小船》：“船儿驶过高高绿着的，芦苇荡，驶过红红盛开的莲花塘，驶过婆娑在水边的柳树湾，一群白鹭突然从眼前飞起，又落在后面的干滩上，远远地向这边张望，他们慢悠悠地划着，划着，划进了夕阳，划来了袅袅升起的炊烟。”

在诗歌中初见他，诗人是手执小桨的荡舟人，将写出湖心的句句涟漪。舟驶青翠若滴的芦苇荡，驶向漾起羞红面庞的莲花，还有柳树湾后，翩翩的白鹭掠过水面径直来到眼前。

夕阳也渐渐地探下身姿到保持恒温的湖水中沐浴不去，诗人和他内心的朋友们，不知不觉，划进了这通红的夕阳深处，双桨轻盈，看着暮色四合，划来远方农家飘来的袅袅炊烟。

在这样的意境里，看见诗人划向夕阳的背影，或许这也是他写诗的剪影，心中有景，自然笔下生辉。当我被意境感染之时，才意欲关注陈建正，边在现实中寻觅，边想象着诗人的剪影，却无防备，被慵懒的晨光盗取，被狡黠的月色偷走，了无痕迹。

陈建正的诗歌画面感极强，如一幕幕流动的电影剪辑进行时，不是安然的默片，有吱唔，有呐喊，有驳斥，有呓语，他的诗行之间不乏配音，其诗歌语言是华彩断章，然不可用特技比拟，因为心灵的诗语是浑然天成的。技巧之说，不通达，可能只是形成诗歌的其中一部分因素。

他写岁月变迁，人颜老去，并不直接说出感慨，而巧妙融合了人与自然之间的微妙含义。他在诗歌《北方以北》其中写道：“一场大风，从一个北方以北的地方，不断地吹过来，了多少年瘦下，把黑发吹成白发，把挺直的脊梁，吹成夜幕下的一张弯弓。”

时而会觉写风的诗人都是感性的。唐代诗人白居易在《村居苦寒》里写道：“北风利如剑，布絮不蔽身。”诗人笔下之风，非风花雪月之风，而是关心民间愁苦，以物喻人，道出人们心底最锋利的那把划出切肤痛的刀风。

现代著名诗人刘半农在《教我如何不想她》里描绘着深情：“枯树在冷风里摇，野火在暮色中烧，啊！西天还有些残霞，教我如何不想她？”冷风，烘托出了情感中难熬的时光，作为一副插画似的言语，载入诗集中的数行之侧。

《起风了》中，身处当代的陈建正亦心生念想：“子夜，谁摇动檐下的梧桐树，轻微地敲着窗户，用吱呀的声响，把我从酣梦中唤醒。”

陈建正笔下之风，无一风字，却有风起云涌之势。不仅融入修辞手法、意境烘托，它还有一连串的动作，读来耳目一新，引起诗句“做动作”的同时，更激发了人们对酣梦的联想。读诗时，不知谜底。见题后，知晓答案——可谓构思精巧、意蕴丰厚。

诗句，是生长于诗人心肤的一根根羽毛，羽翼渐丰时，世人便发现一只凤凰，已凌云飞翔。衷心祝福陈建正在诗歌的创作道路上，越飞越高，拥有最亲切的模样。

俭以养德

厦门安乐的八百万元“天价墓”令人咋舌，引得民众感慨“死也有贫富贵贱”。

人何不平静地看待生死？人人都是由生到死的过程，从无到有，从有至无的自然过程，为何要奢侈地占用别人的生存空间？这类事件所导致的土地消耗问题，使地方生产减少，物产不足，物件飞涨。

古人言：“不患贫而患不均。”这样，世界上的金钱就流入少数人手里了，不少人因为购买力薄弱的缘故，没有享受物质世界的可能，产生“仇富”心理。

俗话说，当官的怕平民，有钱的怕穷人。两极分化大，就容易处理不好关系，由此想到国家，富者以金钱的名义堕落奢华，就更加剧了普通人民的不安，两极分化严重。韩非子说，侈而堕者贫，力而俭者富。这句话是从结果上来说，而部分人却看不到这一点，认为奢侈的人为富者，只有富者才能奢侈。购买力人人都有，当购买的不是必需品时，就是思想上引起人趣味的腐化，尤其奢侈之风是社会腐化的见证。

用知识、生活制造思想，这是汇集所有人的智慧，用钱、权利生产奢华，这是浪费所有人的辛劳。心灵不富有，就好比一位大款精神骨髓脆弱，心灵谷粮干瘪，加强思想教育，是源头，社会风气从认识开始，相信“成由勤俭，败由奢”的古训。

金钱规则并不可以衡量精神上的规律。不正视自身的行为，反而引以为豪，盲目攀比，享尽人间奢华。其实很多享受与金钱无关，它无法解救风云变幻的世界，也不是人们呕心沥血的成品。

引用张抗抗的话：“我可以舍得用很多钱去帮助别人，却舍不得把一个好的东西或事物丢弃。我不是为了钱而节约，而是为了节约而节约。节俭的品德，在我看来，已经不仅仅是因为‘钱’的问题，而是一种操守，品行和文化。”

有了节俭的品德，才有了节俭的行为习惯，随手关一个水龙头和花大价钱购买奢侈品一样容易。人们做事动机越大，越可能去从事。有的人有了钱选择去做积极的公益事业，有的人就仅仅做出利己的事，认为多流两滴水事不关己。

金钱原本是为物物交换而产生的工具，应当好好地利用。节俭本身就是获得了财源，最破的纸也能写出哈利·波特。金子只是宇宙大爆炸时期来到地球的古董，尽管它价值不菲，闪闪诱人，也不必因为它的古老力量而竞相崇尚。法郎士说，“如果你爱永恒，就应该很好地利用时间。昔日不再来，明天难保证。把握住今天，稍微耽误，它也会逝去，失去的将不再复返。一个今天抵得上两个明天。”如果你不懂珍惜，就会将宝贵的财富随手掷去，但相反你爱惜它，懂得今天的一切是多么来之不易，就会深信坚持真理的可靠，哪怕就是一条专属自己的真理，做人的原则。

表情达意应言简意赅，《语苑》曰："君子之言寡而实，小人之言多而虚。"勤俭可以助廉，不可以从表面看出人生的盈与亏。塞翁失马，焉知祸福？今天的你节约一点，收益的还是自身，唯有精神的强大，才能凝聚世界的力量。

屋顶上的星光

半夜睡不着觉，爬到屋顶，看不见一物，独有星光为云裳做路灯，行迹天路。

有人说爬上屋顶的不是小偷就是孤独之人。

我在屋顶上做什么？在流光逝水中游走？

和自己说话，问我叶落归根前，得需怎样的一种兀自飘零。

异乡里，白天忙忙碌碌，压力大，差点儿急火攻心。

累了，崩溃了。又值中秋降临，想家乡的亲人，想得很。坐在房间，背靠书柜，哭得痛彻心扉。昨天我还庆幸，我不怎么想他们。可是内心的一尊琉璃瓦片一旦被什么碰碎了，就会掀翻整个屋顶。

我多么盼望，黎明马上就到，把夜捎走，寄到梦里。

晚上回住处的路上，秋风发凉，吹在胳膊上，冷住了心。这个燃着一丛杏林的秋，披着颈前长发，被雨水浸湿，贴在大地绵延的绿肤之上。

就在我还没反应过来季节更替来临时。母亲突然发来短信：儿啊，天冷了许多，记得添衣。

一个寒噤也抖着微风袭来渐凉的信息。

这样的情境下，两者都不能置之不理。唯有温暖自己。

父母在，不远游，游必有方。可漂在城里，泊在港外，坐标是随时位移的，方向不明。

那该如何应付耳畔盘桓的忆乡孤萧，眸光映现的依稀寒月？

应回故乡看看：倦鸟知返还，叶落盼归根。

下雨了，该收衣裳。心阴云密布了，也该回家，收起心殇。

做最初的自己

害怕是空渡人生的船帆，独自渺茫在陌生又熟悉的海域，太在意一件事、一个人，他们反而慌张地躲开了。

不知从何时起，人们渐渐忘记了初见时，待人处事的随性、轻松。

曾经留诸笔尖盛开的一朵朵蓝莲花，寻不到新雨灌溉的池塘，莲藕也被谁摘了去。应继续勾勒属于自己的清明上河图，毫无顾忌地绣出新的篇章，不必害怕它们不够完美。

肆意扯出我们内心的纺锤，让笔针穿引段段心线自由飞翔，别让时光禁锢了自己。

月光独自在一首诗里漫步。如果一首诗为月光搭建一座浪漫的花园，那它的脚步会不会转瞬停伫在夜风吹过来的花香里？

什么是诗？当你觉得全世界都不懂你的时候，因为偶然的相遇，它成了一朵蓦然之间，盛开在你心底的解语花。

爱情也一样。携手，两颗心就是家，不再如雪花，飘零于世。

愿世上所有的后来还有最初相依相偎的影子。愿人生只若初见。

秉持一颗童真童趣的心灵，仿佛吹起一个极易破碎的泡泡，它的轻盈和单薄在阳光下升腾起彩虹般的光芒。

低头的沉甸甸的麦子，拥有了最初追寻的收获。天空素云几行，很低很低，感觉可以摘下来。麦子此刻想仰望她们，可他知道，这番痴心，只是青苗时的快乐。

回首最初，简单、纯净、没有追寻，自由自在。后来，生命起起伏伏，像一张上下起跳的心电图，而今硕果累累，压弯了身子，完成了责任，却无法寻觅最初的美好。

《最初的梦想》歌词里唱着："沮丧时总会明显感到孤独的重量，多渴望懂得的人给些温暖借个肩膀。"

人生有许多答案，老师们常说，如果面对问题不知道该选择什么，就选最初想要的那个答案。

那个淳朴、无辜的她却回不去最初了。

她是贾平凹根据真实故事而创作的长篇小说《极花》里的主人公，她真的怎么也回不去了，最初的美好变成了后来的惊恐，被拐卖，被欺凌。一心想家，一心想逃。

时光荏苒，终于有天，她可以回去了，回到梦里的家，最初睁眼看世界的地方，可她回到这里的时候，好像一头蒙扎进忧郁的幽蓝深海——心慌，窒息，不得劲。

她又想回到岸上的被拐卖地，那里有她的牵挂。孩子，丈夫，记忆，早已深深在她心里扎根，她的心回不到最初的家，于是脚也拐走了心——她跑了回来。这个消息，已然是千千万万个消息，是她背后隐匿的社会现象，好像平地一声雷，惊诧了世人。

原来当最初的那片天空失落、殒灭的时候，眼前真的蒙上一片灰色。小说呈现出一个人生无解的命题。

所以努力的找寻最初。秉持最初的真心是最动人的底色。